Tout ce que nous avons été

En activité réduite, comme une petite lampe allumée en permanence, de façon durable et attentive à l'environnement dans lequel nous vivons, La Veilleuse s'engage à faire découvrir des façons inédites d'appréhender, de narrer, ou d'écrire le monde.

Ce livre paraît dans la collection « Nuit blanche » qui regroupe les romans écrits par des auteur·trice·s contemporain·e·s.

Ce livre paraît avec l'aide de la Fondation ch pour la collaboration confédérale, grâce au soutien de 26 cantons. La traduction est subventionnée par Pro Helvetia et la fondation Oertli.

ch COLLECTION Littérature de la Suisse en traduction

fondation suisse pour la culture prohelvetia

FONDATION OERTLI STIFTUNG

Accompagnement éditorial : La Veilleuse
Lectorat : Anne-Lise Delacrétaz et Valentin Decoppet
Graphisme et couverture : La Veilleuse
Mise en page : Maxime Levy
Correction : Céline Guillaume
Illustration de couverture : Caroline Vitelli

ISBN 978-2-88978-012-9

Olimpia de Girolamo
traduite par Lucie Tardin

Tout ce que nous avons été

Roman

Éditions La Veilleuse

À mon fils Andrea
À Marzio
À ma mère et à mon père

« Je regarde cette ville pour la dernière fois. Je ne reviendrai pas, je ne veux pas mourir ici. »

Agota Kristof,
Le Troisième Mensonge

– *Carmela! Carmé! Carmela!*

La Signora Carmela habitait au quatrième. Nous vivions au cinquième. Ma mère ne pouvait pas la voir avec les airs de grande dame qu'elle se donnait, cette bonniche que son mari, le brave Arturo, avait tirée d'un clapier à Vico Limoncello. Elle avait sept enfants. Du plus petit d'entre eux, Salvatore, on ne parlait jamais. Un jour, il avait disparu. On l'avait retrouvé mort près d'une grotte à Posillipo, mais personne n'a jamais su comment Salvatore avait fini là.

On parlait volontiers des autres. Et Ada, on ne parlait pas seulement d'elle à la maison ou dans l'immeuble mais dans tout le quartier, et juste pour le plaisir de causer, pour évoquer ses hanches, ses fesses ou la forme de ses seins, comme si le fait d'avoir un tel corps avait plus de sens que ce qu'il pouvait contenir : des pensées, des idées, des rêves. Ada rêvait.

Moi, je discutais souvent avec elle en été, quand nous traînions au soleil sur le large palier poussiéreux du troisième. Elle prenait sa petite radio à piles et dépliait l'antenne. Nous écoutions Mina et Patty Pravo. Un dimanche, alors qu'elle était étendue sur les marches de l'escalier et qu'elle balançait une de ses cuisses, Ada m'avait soudain demandé :

– Et toi, t'en as déjà vu ?

– Qu'est-ce que t'entends par là ?

— T'as déjà vu un garçon, oui ou non ? Je veux dire... *annuro*, tout nu, quoi !

— Ça va pas, non ? Maman me tuerait.

Il y avait eu un long silence. Elle ouvrait et refermait ses cuisses comme pour faire entrer de l'air sous sa jupe relevée presque jusqu'à l'aine.

— Moi, j'ai déjà vu un homme nu.

— Qui ça ?

— Giovanni, celui qui vend les fruits.

— *Maronna!* Mais c'est un vieillard, on dirait mon grand-père !

Ma remarque l'avait fait rire, car expérimentée comme elle était, elle n'ignorait pas qu'un homme de quarante ans n'est pas vieux. Il l'était pour moi qui en avais presque dix, mais pour elle, du haut de ses seize ans, des choses comme l'âge, ce qui est possible ou impossible, les désirs, les corps nus et le reste, tout ça paraissait déjà clair. Sans que je comprenne vraiment, elle commençait à me parler d'une sexualité encore inconnue, une chose mystérieuse, nommée à demi-mot, *t'es encore qu'une gamine, tu peux pas comprendre*. Il n'y a rien de pire à dire à une petite fille et mon imagination m'emportait dans l'arrière-boutique où Ada et Giovanni se touchaient, s'embrassaient, langue contre langue, alors que personne dehors n'en savait rien.

Ainsi allait la vie. Un monde du dedans et un monde du dehors. Les ruelles, les façades écaillées et l'humidité du matin semblaient indifférentes aux pauvres histoires des gens de mon quartier. En réalité, les murs et leurs fissures savaient déjà tout, ils connaissaient les familles dans les moindres détails, les malheurs, les fardeaux, les maladies et la pauvreté. L'histoire d'Ada et Giovanni n'a pas tardé à intéresser notre immeuble et la ruelle entière.

Cet après-midi-là, je rentrais des courses avec deux bouteilles de lait et une baguette de pain. À peine ai-je posé le pied sur la première marche de l'escalier qu'un choc sourd a retenti, comme un sac rempli d'air qui éclate. Je me suis retournée et j'ai vu un corps de femme gisant sur le ventre, une jambe pliée à l'envers. Je ne sais pas si j'ai compris avant que ma main s'ouvre, laissant tomber les bouteilles de lait et le reste, ou si ma main s'est ouverte avant que je comprenne. Une fois de plus, je n'ai pas pu retenir l'enchaînement des événements. Là par terre, c'était Ada. C'était Ada et ce n'était plus Ada. C'était ce qui restait d'elle, de ses rêves, de la radio allumée et des chansons de Mina. Des cris ont résonné de partout. La Signora Carmela hurlait, je n'avais jamais entendu personne crier de la sorte. Figée sur la première marche, j'ai senti un liquide chaud couler entre mes jambes. Je me faisais pipi dessus. Ma mère avait dévalé les quatre-vingt-neuf marches comme une damnée. Elle me secouait et m'appelait comme tu appelles quelqu'un qui est en train de mourir et que tu ne veux pas laisser partir. Peut-être était-ce le cas. Moi aussi, j'étais un peu en train de mourir cet après-midi-là. Et avec moi mourait les rêves de liberté que me racontait Ada, l'idée qu'une passion secrète se déguste comme un bon plat savoureux qui met en joie. Moi, gamine, je mourais un peu d'ouvrir les yeux sur cette communauté de pauvres diables qui avaient besoin de Dieu pour se consoler de tout ce qu'ils ne savaient expliquer.

Et l'histoire d'Ada et Giovanni, personne ne pouvait se l'expliquer. Personne ne voulait dire tout haut que la belle adolescente au corps de rêve avait séduit un homme marié, un père de famille, et que sous le coup de la honte et des accusations de ses parents qui la traitaient de salope et de putain, elle avait ôté ses chaussures, elle avait grimpé sur une chaise et s'était jetée en bas.

Le bruissement de plastique du paquet de cigarettes que je viens d'ouvrir me tient compagnie. Je le froisse entre le pouce et l'index avec de petits coups réguliers qui rythment nonchalamment mes pas vers mon ancien immeuble. Le chauffeur de taxi ne s'arrêtait plus de parler avec cette verve sympathique et charmeuse des gens d'ici. Je ne sais pas ce qui les rend comme ça. Le pli de leurs yeux peut-être, leur couleur ou la façon qu'ils ont de les poser sur toi. Il n'y a pas d'autre endroit au monde où je me sente aussi désirable. Pourtant, je traite ces hommes affamés comme des sauvages. Ils savent lire au fond de toi, dans le coin le plus reculé, le plus ancien, là où les récits charnels et la sensualité sont réduits au silence.

Les gens d'ici. Si on m'entendait, on m'en ferait voir de toutes les couleurs. Et à raison. Ici, c'est aussi chez moi. Seulement, depuis quelques années, je me plais à jouer le rôle de celle qui a rompu avec le passé, qui s'est élevée culturellement, qui a su masquer avec élégance son penchant naturel pour la mélancolie. Pourtant, je sais que la voie que nous sommes appelés à suivre dans ce monde, il n'y en a qu'une. Celle qui s'écarte de nos familles.

Il fait chaud. Le soleil tape fort dans la ruelle, malgré l'humidité de l'air. Le plâtre se décolle des façades. Cette moiteur fait remonter en moi l'époque où, gamine, je rêvais à l'été. Un été de soleil et de bronzage sur les plages, plutôt que sur les paliers poussiéreux de mon immeuble. Je me souviens des dimanches silencieux, le match à la radio en arrière-fond. Le temps a passé sans crier gare, il a glissé sur moi comme une eau sale laissant des traces de boue sèche sur ma peau.

Maintenant, je n'ai plus qu'à sonner. L'étiquette de l'interphone s'est ternie. L'écriture irrégulière est à peine lisible. Di Gregorio. Ce nom, enfin. Je suis là. Nous sommes là. Toute ma famille est là. Dans cette étiquette rectangulaire écrite au stylo et collée au cadran métallique avec de la salive.

Je sonne.

Rien.

J'attends.

Je sonne à nouveau.

Silence.

Je jette un coup d'œil dans la rue.

Je suis sur le point de m'en aller.

Je me demande ce que je fais là, devant cette porte, alors que j'ignore même quel jour on est et que je suis pleine de sueur et de fatigue après ce voyage interminable. Soudain, une voix rauque et traînante s'élève. Elle me fait l'effet d'une brûlure :

— Qui est là ?

Je me tais.

— Qui est là ?

Silence.

— *A chi volete sfottere?*

— Maman ?

— *Anna, si' tu?*

— Oui, c'est moi.

Silence.

— Ouvre-moi, maman.

La porte s'ouvre avec un déclic mécanique. Je la regarde se refermer lentement sous son poids. Je la retiens avec une main et je distingue, dans la pénombre d'une heure incertaine, le hall d'entrée gris, éclairé par un unique rayon de lumière provenant des étages. Au fond, un vieux panneau élimé qui dit *Portineria*, même si le concierge n'est plus là pour monter la garde. Le temps se mesure à chaque pas. Je dois avancer et gravir les quatre-vingt-neuf marches.

J'y suis presque.

Avant toutes choses, j'allume une cigarette que je fume dans le parfum des grappes mauves de la glycine.

— *Anna, staje saglienno?*

La voix de ma mère me parvient comme la sonnerie du réveil et me ramène là, au pied de l'escalier, sous cette arche qui appartenait jadis au théâtre de Néron. Ici, tout est construction d'une chose sur l'autre ou même d'une chose dans l'autre, comme si passé et présent s'enchevêtraient toujours sans cheminer en ligne droite comme ailleurs. À Naples, le temps est un mélange de sang et de chair humaine, un entassement de siècles et de mémoire, un bûcher prêt pour le feu sacrificiel.

Ma mère a cessé de m'appeler mais je sais qu'elle attend, que de là-haut elle guette chacun de mes pas et le bruit de mon souffle, et je reste immobile, la cigarette à moitié consumée, plus de cendres qu'autre chose désormais, figée sur cette première marche.

— Oui, voilà. J'arrive.

— *Che d'è?* Tu te fais vieille ou quoi ?

— Je monte, un instant !

— *E muòvete!* T'arrives plus à monter, ou quoi ? *Saglie, Anna, saglie! Curre, curre!*

Et me revoilà gamine, incapable de savoir quoi dire et quoi taire, de comprendre les états d'âme des autres, leurs émotions qui ont toujours été pour moi des bourrasques à surmonter. Je me sens coincée, comme enlisée dans l'écoulement d'un évier où s'accumule une boue de savon et de cheveux.

J'essaie d'affronter le vieil escalier avec la même désinvolture enfantine qu'autrefois, quand je le gravissais cinq ou six fois par jour. Pour retrouver les autres et le cœur du quartier, je dévalais tout naturellement les marches avant de me couler dans les rues et sur les places ensoleillées qui me rappelaient le monde au-delà des murs de tombeau de la maison. Petite, je ne faisais rien d'autre. Rester dehors me maintenait en vie.

À présent, il me faut longer l'étroit boyau de l'escalier, affronter un à un les souvenirs qui vont jaillir devant moi comme les personnages masqués d'un cirque sans fin, écouter les récits, les histoires interminables des parents et amis qui diront que j'ai changé, qu'ici tout est différent et pourtant pareil.

À bout de souffle, les mains sur les genoux, j'arrive enfin au dernier étage sous la verrière construite par des bras malhabiles. Je la vois sur le seuil, qui me regarde. Elle porte un tablier vert avec de petites fleurs roses noué à la taille. Une paire de vieilles mules bleues. Ses lunettes épaisses, son front plissé par mille pensées secrètes. Un bras le long du corps, le gauche, et l'autre épaule contre le chambranle, dans une posture molle et lasse, sans enthousiasme à me voir gravir les dernières marches de cet escalier interminable. Ma mère, souveraine en sa tour et sa sainte famille. Reine sans sceptre ni couronne, observatrice de mes moindres défauts, de mes fragilités, de mes mensonges. Nous y sommes. Commençons.

Nous émergeons d'un nuage de fumée. Le mirage d'une réunion mère-fille. Je m'approche, essoufflée. Je sens mes jambes trembler et je ne sais plus si c'est à cause des marches gravies quatre à quatre dans la chaleur étouffante ou de ma peur, la même qui me saisissait tôt le matin au réveil quand je regardais ma mère s'habiller pour le travail. La distance qui régnait dans chaque geste, chaque mot, chaque regard me paralysait. Ses yeux ne se posaient sur moi que pour chercher une trace dissimulée d'elle-même. J'étais le résultat d'un incident génétique, je ne m'appartenais pas. Ma mère avait éparpillé des graines sur la terre au hasard, elles s'étaient échappées de ses mains et de ses poches. Elle avait frappé ses vêtements pour se débarrasser de la poussière qui s'était déposée sur elle. Le coupable de ces semailles imprudentes, c'était évidemment mon père. Dans des moments de rage irrépressible, elle criait que les hommes font et défont la vie des femmes, qu'ils versent en elles un liquide qui fait naître des créatures dont elles n'ont pas toujours envie de s'occuper.

Sur le palier, nous restons immobiles. Elle est plus petite que moi et m'observe de la tête aux pieds. J'essaie maladroitement d'arranger les cheveux collés à mon front. Je lisse ma robe sur mes hanches et saisis la couture de mon décolleté entre le pouce et l'index pour le remonter un peu, pour cacher ma nudité, mes seins de femme adulte. Mais mes mains ne suffisent pas, je n'en ai que deux, et pour me soustraire à son regard inquisiteur et violent, il me faudrait plus de bras, une couverture entière pour me protéger de ses yeux qui se plantent partout comme des poinçons rouillés prêts à me transpercer.

— *Fatte guardà. Comme staje bella.* T'as l'air d'une grande dame, *n'a signora! E 'stu vestito?* Pourquoi choisir une robe rouge ? Le rouge, c'est la couleur des dévergondées, Anna ! *'O sajje o no?*

Sa voix de toujours résonne. Je suis au pied du mur.

— Est-ce que je peux vite passer aux toilettes ?

— *E comme no? Chesta è sempe casa tua.*

J'essaie de passer devant elle, mais elle saisit mon poignet. Elle m'arrête. Je me rends. Elle me force à baisser les yeux. J'en suis presque à lever les mains en signe de capitulation.

— *Nun me salute nemmeno?*

Alors je me penche lentement et mon cœur éclate presque sous le coup de l'émotion. Je lui offre une étreinte brève, de celles, retenues, qui se soustraient au corps. Cet espace vide entre nous recèle toute notre histoire de mère et de fille.

— *Staje tutta sudata.*

— Il faisait chaud dans le train.

— Ah, t'as pas pris l'avion ?

— Non, je suis partie dès que j'ai pu.

— Mais t'aurais dû prendre l'avion. *Oggi se fa accussì.* C'est plus moderne.

— Il n'y avait plus de vol.

— Mais comment ? On trouve toujours quand on cherche bien.

– J'ai pris le train, qu'est-ce que ça change ? Ce qui compte, c'est que je sois là, non ?

– *Come no.* L'important, c'est que t'es là.

– J'ai besoin de me rafraîchir un peu.

Je me précipite vers la salle de bains en traversant cet appartement que je n'habite plus. La cartographie de mon histoire demeure, mes premiers désirs, mes rêves, mes projets de fugue. La porte coulissante de la salle de bains n'a pas changé, mon père l'a construite quand j'étais petite. À mes yeux, cette porte qui glissait le long du mur était une preuve de modernité. Plus tard, à force de fréquenter les belles maisons de mes camarades de lycée, tous fils de cadres ou de médecins, j'avais fini par me résoudre à la modestie de mes origines, à la laideur des espaces où je vivais, meublés grossièrement et sans goût.

Je baisse ma culotte trempée de sueur. J'éprouve un sentiment de dégoût. Toutes ces heures de train accrochées aux replis humides de ma peau. J'ai envie de me laver entre les cuisses, mais je n'ai pas de quoi me changer ni même de serviette. J'ai laissé ma valise dans ma chambre d'hôte à Piazzetta Nilo.

– *Tutto a' posto, Anna?*

Je me redresse brusquement. J'entrouvre la porte.

– *Ma', me vulesse sciacquà nu poco sotto.*

– *Vuò n'asciugmano?*

– S'il te reste des serviettes, volontiers.

– S'il m'en reste ? *Giesù!* On est pas riches ici, mais des serviettes, on en a !

Elle prononce ces mots, railleuse, le menton relevé, en s'adressant à je ne sais qui, comme s'il y avait un public muet dispersé dans les pièces sombres de l'appartement, puis elle se retourne.

— Regarde dans le deuxième tiroir. Elles sont toujours là, les serviettes. *Addo' ll'aje lassate, là 'e truove, le asciugamani.*

— Merci.

Je referme la porte. Sur ma droite, je croise mon regard dans le miroir. J'ai la même mine livide que quand j'étais petite. Je vais au lavabo et m'asperge le visage. Enfin, je me revois adulte. J'inspire, j'essaie de me convaincre que tout va bien.

J'enlève ma culotte, je m'assieds sur le bidet et j'ouvre le robinet. Le jet d'eau me fait l'effet d'un baptême. Je me lave de tout ça, du voyage, de la sueur, mais aussi de ce nœud de chagrin sourd. Cette invitation que j'ai acceptée est mon purgatoire. Dans quelques jours, je saurai si je suis promise au paradis, ou à l'enfer si j'enfreins trop de règles. Je me mets à rire d'avoir de telles pensées, en lavant les parties les plus intimes et profondes de moi-même. Peut-être que c'est là que tout commence. Les orifices de la conscience. Je passe ma culotte sous un filet d'eau, je l'étends au soleil sur le bord de la fenêtre et puis sans rien dessous, nue sous ma robe, je sors de la salle de bains.

— *Sto' dint' 'a cucina. 'O bbuo' 'o caffè?*

— Oui, je veux bien, merci.

Je longe le couloir étroit jusqu'à la cuisine. Autrefois, nous tenions à peine à l'intérieur, tous les quatre autour de la table. Rien n'a changé. Les meubles beiges, la vieille cuisinière à gaz avec ses brûleurs noirs. Si les cafetières pouvaient parler, elles raconteraient les secrets de toute la ville. À Naples, il n'y a pas une maison qui n'ait sa propre Moka autour de laquelle le foyer se rassemble pour les événements familiaux, des naissances aux décès. Le café est au cœur de toutes les réunions, tous les récits, les ragots, les disputes. C'est la boisson que j'aime le plus au monde. Elle me donne l'impression de faire partie d'une communauté d'endormis qui aspirent continuellement à se réveiller.

Depuis le seuil de la cuisine, je regarde par la fenêtre le grand ciel bleu traversé d'hirondelles. Elles crient toute la vie qu'elles ont en elles. On entend aussi les mouettes, ces oiseaux inquiétants qui évoquent désormais pour moi moins la mer que la terre.

Je regarde ma mère farfouiller dans les bocaux en verre où sont conservés le café et le sucre. Elle ouvre délicatement ses placards à la recherche de deux tasses assorties.

— Tu ne sers plus le café dans les petits verres ?

Elle me répond sans se retourner.

— *Nun ne tengo cchiù.* Ton père me les a fait jeter. Il trouvait pas ça élégant.

— Quel dommage. J'aimais bien boire le café dans ces verres-là. Personne ne fait ça par chez moi.

Par chez moi. Dans la maison de mon enfance, dans la ville où je suis née, face à ma mère, à voix haute et sans ciller, j'ai dit *par chez moi.* Je regarde ma mère comme quand j'étais petite, pour chercher un signe d'approbation dans son regard. Mais elle continue à fourrager sans me voir, sans percevoir la gêne qui a dû faire apparaître des taches rouges sur ma poitrine et mon visage. J'ai peur d'être vue. Gamine, je me réfugiais dans la cuisine pour faire mes devoirs. C'était l'endroit de la maison où je me sentais le plus sûr.

— *È sagliuto.* C'est prêt.

Le café monte, éruption de liquide noir qui éveille les sens. Comme toujours, ma mère met le sucre directement dans la Moka, au moins cinq cuillères. Je le bois noir depuis des années, mais elle ne le sait pas. Elle m'en verse un peu, puis elle s'en verse aussi. Elle pose les tasses sur une assiette en céramique ébréchée et se dirige vers la salle à manger où trône la grande table, avec sa nappe en plastique aux motifs de losanges jaunes et orange effilochée par tant de couteaux. J'ignore depuis combien d'années elle est là. Nous sommes assises l'une en face de l'autre. Je bois. L'extrême douceur du café m'écœure. J'essaie de dissimuler mes grimaces. Nous buvons en silence, transgressant ainsi la règle de base de la cérémonie du café.

Nos regards se croisent enfin.

— Pourquoi tu m'as appelée ?

— *Eh, comme maje…* Parce qu'on a besoin de toi, voilà pourquoi je t'ai appelée !

— Que s'est-il passé ?

— Rien, c'est que… *Tuo padre nun se trova cchiù.*

— Comment ça, on le trouve plus ? Et depuis quand ?

— *So' duje mise.*

— Deux mois ? Mais pourquoi me le dire seulement maintenant ? Vous avez au moins appelé la police ? Vous avez signalé sa disparition ? Vous avez…

— *Uè Anna…* Tu vas pas te mettre à donner des ordres chez moi. T'es partie il y vingt ans et maintenant, tu crois pouvoir me dire ce que je dois faire ? *Ma chi te crire d'essere, neh piccerè?*

Elle me dit ça en me fixant droit dans les yeux et en pointant son index dans ma direction, soudain juge de tous mes choix et de toutes mes décisions. En une poignée de mots, elle efface mes quarante ans et je redeviens la gamine muette et discrète d'autrefois, qui faisait tout son possible pour disparaître, ne pas être vue, ne pas causer de problèmes. Je me rends compte à la façon qu'elle a de me regarder qu'elle ne voit rien d'autre en moi : aucun progrès, aucune évolution, rien.

Elle se lève lentement et me fait signe de la suivre. J'entre dans la chambre à coucher. Sans rien dire.

Ici non plus, rien n'a changé. L'armoire avec sa glace immense, le secrétaire fermé à clé, les photographies sur les meubles et contre les murs, la grosse tête de lit qui est une sorte de chiffonnier où sont entassés des coussins. Enfant, allongée sur le lit de mes parents, j'aimais y enfouir ma tête. Un jour, j'étais restée coincée, je n'arrivais plus à me dégager. J'imaginais déjà les pompiers scier le bois du lit, j'entendais les jurons de ma mère et la voix de mon frère me traiter d'imbécile. Heureusement, j'avais réussi à me libérer, évitant ainsi une nouvelle humiliation.

Ma mère se dirige vers le côté du lit où dormait mon père et sort une lettre d'un tiroir. Elle me la tend. Je reconnais son écriture maladroite et tremblante. Il n'est pas allé au-delà de l'école primaire et il a toujours travaillé à l'atelier.

— Il l'a écrite pour toi.

La lettre déjà ouverte a été lue et relue par tous les membres de la famille, proches et lointains.

— On se dit que t'es la seule qui peut déchiffrer ce qu'il veut dire dans cette lettre. Peut-être que tu peux comprendre où il est passé, où il s'est caché.

— Moi ? Mais pourquoi ?

— Parce que t'es celle qu'a étudié, celle qui comprend les choses, celle qui lit. Nous autres, on est des illettrés, des ignorants, des *lazzaroni*...

J'accepte de jouer le rôle de la voyante pour décrypter le testament d'un vivant qui pourrait tout aussi bien être mort et dont personne ne se soucie depuis deux mois, à croire que sa fugue n'est qu'un simple caprice. Quand j'étais petite, il disparaissait souvent. Après le séisme de 1980, il semblait être tombé en ruine lui aussi. On nous appelait du travail pour nous annoncer qu'il n'était pas venu. Tout le monde partait alors à sa recherche, même ma tante un peu sorcière à qui l'on prêtait des facultés surnaturelles. Grâce au rite ancien de La Paume, qui consistait à glisser une main sur un drap, elle était capable de dire si la personne disparue était proche ou lointaine selon l'endroit où ses doigts s'arrêtaient sur le tissu. Puis soudain, sans crier gare, mon père rentrait à la maison, il resurgissait comme une image floue, comme un spectre, et il se réfugiait dans sa chambre pour ranger sa collection de timbres dans de minuscules pochettes en plastique. Chacun retournait alors à ses petites affaires comme si rien ne s'était passé, préférant ignorer le chagrin mélancolique qui frappait parfois le quotidien de mon père. Je continuais cependant à l'épier en silence comme une sentinelle dans une ruche assaillie, ballottée par la menace.

— Et qu'est-ce qu'il dit en fin de compte ?

— *Leggiatiello tu.* À quoi bon toutes ces années d'école, sinon ?

— Bon, je prends la lettre avec moi à l'hôtel. Je t'appelle plus tard.

— *Nun duorme ca'?*

— Non, j'ai pris une chambre.

Je passe à la salle de bains pour récupérer ma culotte. Elle est encore humide, je la fourre dans mon sac avec la lettre froissée.

— Je m'en vais. Le voyage m'a épuisée.

Je la salue d'un signe de la main et me dirige vers la porte. Elle me suit.

— *Allora fatte sentì.*

— Mais oui, je t'appelle. Allez, *ciao.*

La porte se referme derrière moi. Je plonge en piqué dans l'escalier. À la descente, il fait moins peur. En passant devant la porte de chez Ada, avant de m'élancer dans la volée suivante, je me retourne. Je regarde la rampe rouillée. Comme sur un écran de cinéma, je revois toute la scène.

Le petit Salvatore, le frère d'Ada. J'ignore pourquoi son nom me revient maintenant. Moi aussi j'ai refoulé le souvenir de ce gamin maigre et timide qui venait sonner à notre porte chaque fois que ses parents se tapaient dessus. Il demandait, en larmes, s'il pouvait utiliser notre téléphone.

C'étaient les années du lycée. Je travaillais avec un zèle maladif. Les études étaient synonymes de sécurité. J'étais comme une reine au milieu des livres. Dans les pages, entre mes feuilles noircies de notes et de schémas, je redonnais un sens à mon existence et me sentais moins folle.

Je continue à descendre et manque de trébucher.

La veille de sa disparition, le petit Salvatore était venu sonner à notre porte. À minuit ou presque, un enfant de cet âge-là – il devait avoir huit ans à l'époque – aurait dû être au lit. Savoir quand un enfant doit dormir est la base de l'éducation, c'est ce que disent tous les livres de psychologie que j'ai pu lire. L'éducation, je le sais désormais, tout le monde n'y a pas droit. Ce droit n'est pas garanti par le simple fait de venir au monde.

Salvatore a sonné à notre porte et comme j'avais entendu ses pas dans l'escalier, j'ai couru à sa rencontre avant ma mère qui l'aurait peut-être renvoyé.

— Qu'est-ce que tu fais là ?

— Mes parents, ils se disputent… Je peux téléphoner ?

— Oui, viens. Tu veux appeler qui ?

— Mamie.

— Allez, viens. Fais pas de bruit, tout le monde dort.

— Promis, j'en ferai pas.

Je l'ai emmené dans ma chambre. Une chambre étroite où tenaient juste un lit et un petit bureau. En hiver, il y faisait froid comme en plein air et en été, aussi chaud que dans une fournaise. Nous n'avions pas de téléphone sans fil à la maison, mais j'avais la chance d'avoir un appareil mural qui me permettait de passer des coups de fil à l'écart de ma famille dont j'essayais de me distinguer avec acharnement.

— Tu connais le numéro ?

— Oui.

Je voyais ses doigts trembler.

— *'A no' viene, se stanno vattènno 'n ata vota.*

J'entendais la voix rauque et forte de sa grand-mère lâcher des jurons.

— *Viene, nonna, ca chillo l'accide a mammina.*

C'est bien ce qu'il avait dit : « Il faut que tu viennes, mamie. Ils se disputent encore. Viens, sinon il va tuer maman. »

J'observais ses gestes. Au bout du fil, la ligne demeurait silencieuse. Ses yeux pleins de larmes laissaient transparaître une rage sourde, comme celle d'un vieil homme qui en a vu de toutes les couleurs et qui hurle qu'il en a assez, qui décide de tout envoyer balader et pour être enfin libre. Il a reposé le combiné et m'a fixée un instant. Il a passé le dos de sa main sur ses yeux et sous son nez pour essuyer la morve qui coulait sur ses lèvres. Il s'est levé et s'est dirigé vers l'entrée. Je l'ai accompagné en silence, comme une abrutie, sans oser lui demander ce qu'avait répondu sa grand-mère. Viendrait-elle ou les laisserait-elle crever dans ce taudis, ces pauvres gosses nés d'une union gâtée par les malheurs et la peine ? Ces mots, je les ai soufflés à voix basse, comme pour moi-même. J'ai agi comme le reste du quartier avec l'histoire d'Ada. Tout le monde sait, personne ne sait rien.

Salvatore m'a jeté un dernier coup d'œil. Il m'a dit merci.

C'est la dernière fois que je l'ai vu.

Faire disparaître, c'est l'apanage de la mort. Il n'y a qu'elle qui soit capable de nous écarter définitivement de la vie, de l'écoute, du contact. Elle est comme un rideau derrière lequel on se cache pour se mettre à nu, n'être plus que chair exposée, sans défense.

Moi, et mes voyages sans fin, mon angoisse bruyante qui m'empêche de trouver la paix, j'ai cru pouvoir disparaître et faire disparaître les traces de mon passé, de mon quartier, mon accent, mes proches, ma mère, mon père, mon frère. Prise d'une fureur sans pareille, j'ai fui, dévoré, appris, nuit et jour, pour me poser des questions toujours nouvelles et difficiles, mais là, au pied de cette tour que je devrais gravir pour me réapproprier cette chose que je n'ai jamais pu saisir, je suis soudain bloquée, comme une ancre retenue par des tonnes de débris, sous des gravats d'une mémoire insondable, des vides, des blancs, de la poussière.

Je traverse la cour à la hâte, j'écrase le bouton de la porte et me coule dans la rue. Le bruit des gens, des voitures et des Lambretta m'aspire comme un tourbillon. Le soleil aveuglant s'infiltre jusque dans les ruelles les plus étroites. Je lève les yeux, le ciel est d'un bleu étonnant. Je passe devant l'enseigne *Napoli sotterranea* et je pense à ce monde d'en bas qui existe encore, une cité antique dont subsistent des ruelles, des restes d'un théâtre et tout un odéon, les ruines de la communauté qui nous a précédés et qui est aujourd'hui aussi la nôtre. Je me mets presque à courir au milieu de la foule. Puis je me rappelle que je ne porte pas de culotte sous ma robe, alors je ris et personne autour de moi ne sait pourquoi. La lettre de mon père est toujours dans mon sac. Je sens le papier rêche au bout de mes doigts.

Je m'arrête dans un bar sous les arches du XIVe siècle de la Via dei Tribunali. Je commande une granita à la cerise et un café.

— Bien tassé, s'il vous plaît.

J'attends au milieu des Napolitains et des touristes. Le papier jauni de la lettre que je retourne entre mes doigts au fond de mon sac me procure un léger malaise, le même que lorsque j'épiais les disputes de mes parents à propos de leurs espoirs, de l'argent qui manquait toujours.

Le papier est mince, presque translucide, comme celui qu'emploie le boucher pour envelopper les tranches de jambon ou les saucisses. Pourquoi choisir un tel papier, froissé, translucide et gras, sur lequel l'encre ne peut pas tenir ?

Je l'extirpe de mon sac. Des lignes fines sillonnent la page. Je ne parviens pas à déchiffrer l'écriture, je ne saisis le sens d'aucun mot. Je tends la première page vers la lumière, comme pour entrevoir un mystère dans la porosité du papier, un message caché dans le filigrane. En baissant les yeux, toujours éblouie, je remarque qu'un homme m'observe à l'autre bout de la terrasse. Il est vêtu de blanc, une veste de lin légère et un large pantalon. Il ressemble à un explorateur en Afrique au XIXe siècle. Je le regarde mieux. Il relève le menton, l'air de dire *je sais qui tu es et pourquoi tu es là.*

Un frisson me parcourt l'échine, ma poitrine se raidit et je baisse tout de suite les yeux pour voir si mes seins sont visibles à travers ma robe. Je m'enveloppe de mes bras comme si j'étais nue. Quand je relève les yeux, l'homme n'est plus là. Avec le café, j'avale aussi le nœud qui me serrait la gorge. Je regarde alentour. Personne. J'ignore qui était cet homme. Était-il présent avant mon arrivée ou ai-je tout inventé ?

Le serveur s'approche.

— Vous avez perdu quelque chose ?

— Pardon ?

— Vous regardez partout autour de vous… Vous avez perdu quelque chose ?

Mon premier réflexe serait de répondre que oui, j'ai tout perdu, mon imagination et ma légèreté, depuis des années, depuis cette époque lointaine où les couleurs se mélangent sans fantaisie pour former une tache opaque comme sur le vieux cadre doré d'un miroir.

– Moi ? Non, rien. J'ai cru apercevoir un ami, mais j'ai dû me tromper.

On m'a prise pour une touriste, moi qui connais ces rues puantes par cœur.

Le doute me colle à la peau, je m'égare un moment dans les bruits et l'animation de la foule. Je bois la granita qui a fondu, puis je me lève pour régler l'addition. J'aperçois plus loin une vieille femme couchée par terre sur un carton. Nos regards se croisent un instant. À moi aussi, il pourrait m'arriver de vieillir comme cette femme, de me retrouver sur un bout de carton avec des cheveux de paille ébouriffés, des yeux bleus humides, un sourire hébété. Et seule, surtout. Je laisse un pourboire au serveur. Quand je passe devant la femme, je me penche et plonge mes yeux dans les siens, son odeur d'urine me parvient, je distingue chacune de ses rides. Je lui tends les cinq euros qui me restent. Elle les prend, d'un air impassible, et me les jette à la figure.

– Une salope, voilà ce que t'es ! Une salope qui croit pouvoir payer le loyer de ma tombe, hein ? Mais moi, j'en ai choisi une belle ! Pour qui tu te prends, hein, sale traînée ?

Les gens se retournent. Je me fige, jamais je n'ai éprouvé une telle gêne. Ma tête tourne, tout tourne autour de moi et je vacille, mais le serveur surgit de nulle part et saisit mon bras.

— Ne vous en faites pas, madame. Elle a perdu la tête, c'est toujours comme ça. Vous n'êtes pas vexée, j'espère ?

Je le fixe sans dire un mot. Il m'agace avec son petit sourire narquois. Je retire mon bras de son emprise, il me jette un regard ironique. Il se tourne vers les badauds pour donner des explications.

— La dame est vexée, elle ne sait pas que la vieille est folle. Allez, demain la dame aura tout oublié.

Il insiste sur ce mot, *dame*, en me jetant des coups d'œil rapides de haut en bas. *Et quelle dame, mais quelle dame !*

Je me faufile entre les gens qui s'amassent dans la rue. Où peuvent-ils bien aller et qu'ont-ils donc tous à brailler comme s'ils étaient seuls au monde ?

Mes oreilles bourdonnent. J'ai l'impression que les regards de ceux qui ont assisté à la scène me suivent encore. Je tourne au coin de la rue, je prends la Via Nilo en coupant par le Vicolo Sansevero. La file interminable de touristes devant la chapelle est comme une suite de servantes qui se pressent sur mes pas. Je me glisse sous les yeux de ceux qui font la queue, je sens leurs regards sur ma nuque, sur mes hanches, entre mes seins.

Arrivée à Piazzetta Nilo, je m'engouffre dans l'immeuble. Je me dirige vers l'ascenseur, mais le concierge m'interpelle.

— Madame ?

Je me retourne et j'avance vers lui.

— Vous cherchez quelqu'un ?

— Non, je loue la chambre d'hôte.

— Ah, vous logez chez la Signora Sandra.

— Oui, vous ne m'avez pas vue passer ce matin avec ma valise ?

— Non, je n'ai pas eu ce plaisir.

Je n'aime pas la façon qu'il a de me regarder ni le ton de sa voix. Je lui réponds, irritée :

— Alors vous devriez peut-être faire attention à ne pas laisser entrer n'importe qui, vous ne croyez pas ?

— Très certainement. Bonne soirée, madame.

Je m'apprête à repartir, mais il demande encore :

— Vous venez d'où ?

— De l'étranger.

— Ah, vous êtes étrangère ?

— Non.

J'interromps la conversation pour ne pas l'entendre dire *mais vous êtes d'où alors*, et je me dirige vers l'ascenseur, un de ces vieux modèles en bois avec des portillons et une cage ajourée. Quand les portes se referment, le concierge m'observe encore de loin, un sourire arrogant au coin des lèvres. Il ne me lâchera pas tant qu'il ne saura pas tout de moi.

J'arrive au cinquième étage, ouvre la porte du petit appartement, referme à clé derrière moi, ôte mes chaussures d'un geste nerveux, enlève ma robe rouge et me retrouve nue dans cette pièce aux majoliques typiques de la côte amalfitaine, même si nous sommes en plein centre de Naples. Je vais à la salle de bains et je fais couler l'eau de la douche.

Nue, je m'approche du balcon pour étendre ma culotte encore humide. Un homme dans l'immeuble d'en face jette un coup d'œil rapide. L'homme doit avoir plus de quatre-vingts ans, il est en fauteuil roulant, relié à un respirateur. Seul sur son petit balcon. Peut-être qu'un homme dans sa condition apprécie de contempler le corps d'une femme encore jeune dans sa quarantaine. On échange un regard et ses yeux me caressent, ils ne sont ni avides ni faméliques mais plutôt ébahis. Alors je me laisse regarder. Puis je lui fais un petit signe de la main et je m'évanouis comme un spectre.

Et peut-être suis-je devenue un spectre depuis mon arrivée il y a quelques heures sur cette terre ingrate et sauvage, sous les regards inquisiteurs et dans l'odeur de pisse à chaque coin de rue – de chien ou d'un ivrogne solitaire qui cherche un réconfort insaisissable dans la nuit.

Je laisse l'eau couler sur moi, sur mes cheveux, mes épaules et puis partout. La vapeur remplit la salle de bains. Tout devient chaleur et buée, brouillard humide de parfum et d'haleine. Je me dirige vers le miroir devenu opaque. L'idée que je sois réellement devenue le fantôme de moi-même m'effraie un peu. Je tends le bras pour effacer la vapeur sur la glace.

Je réapparais.

J'ai juste le temps de rallumer mon portable qu'il vibre déjà de nombreux messages. Je me sens toute drôle, presque inerte. Enveloppée dans ma serviette, je vais sur le balcon et je constate que le vieil homme n'est plus là. J'épiais toujours les fenêtres de l'immeuble d'en face quand j'étais gamine. Les immeubles délabrés, couverts de lézardes, rien à voir avec les bâtiments que j'ai pu voir dans d'autres villes. Dans ces maisons s'écrivent pourtant des vies et des histoires. Sans le vieil homme, la fenêtre a perdu tout intérêt. Elle n'est plus qu'un cadre dont la toile aurait été arrachée.

Je tamponne mes cheveux mouillés et saisis mon portable.

« *Vous avez trois nouveaux messages :*

– Bonjour, Anna. Je vous appelle au sujet de votre livre. Rappelez-moi dès que possible. C'est urgent. Merci. *Ce message a été enregistré aujourd'hui à 10 h.*

– Ciao Anna, c'est Attilio. Il paraît que t'es arrivée. *Fatte sentì!* Ciao. *Ce message a été enregistré aujourd'hui à 18 h 43.*

– *... Anna... Anna? Si' arrivata? O' saccio che staje a Napoli. Ce message a été enregistré aujourd'hui à 20 h 03.* »

Je compose le numéro pour réécouter le troisième message, ce qui m'oblige à les entendre tous une seconde fois, et à me rappeler que j'ai des obligations professionnelles que j'ai bêtement ignorées et un frère auquel il faudra rendre visite, tôt ou tard.

Je ne sais pas qui est à l'autre bout du fil. Un homme, sa voix est étouffée comme si elle provenait d'une grotte. J'entends un grondement, une sorte d'écho en arrière-fond.

Enveloppée dans une serviette de bain, je m'assieds sur le beau fauteuil à fleurs rouges et jaunes. J'allume une cigarette. Je tends le bras pour attraper mon sac et je saisis la lettre. J'essaie d'imaginer mon père rédigeant ces lignes dans un lieu secret. Je remarque qu'il n'y a pas d'adresse. Je ne comprends pas pourquoi ma mère et les autres s'obstinent à dire qu'elle m'est destinée.

Le soir tombe. J'allume la lampe et je porte la première page à mon nez pour voir s'il reste une odeur, un quelconque indice pour reconstruire l'histoire de ce message. Pas le moindre parfum. J'essaie de poser le papier sur une surface lisse pour limiter sa transparence. Ce qui me paraissait indéchiffrable à la lumière du jour commence enfin à ressembler à des mots, des mots napolitains. L'écriture est minuscule et maladroite.

« Descends avec moi dans la pénombre sur le chemin que j'ai parcouru. Pas de droit chemin, seules quelques traces qui se consument comme des chandelles. Toi. C'était toi. Personne ne pouvait imaginer ce qu'il y avait en toi. Les morts. Les morts arrivent, impossible de les cacher. Tu es peut-être assez naïve pour croire qu'ils disparaissent quand on ferme leur cercueil ? Toi qui lis cette lettre, souviens-toi qu'il existe un monde d'en bas, invisible. Tu dois trouver la chandelle et l'allumer, sinon tu mourras toi aussi. Les morts sont plus nombreux que les vivants, ils se cachent dans les armoires, au fond des tiroirs, au milieu des tas de linge. Pars à leur recherche. Va ! »

Je suis hébétée, la lettre entre les mains. Ma première réaction est de rire. Rire de tout ça, rire de ce vieux père un peu gâteux et de ses manigances, rire de ma mère aussi. Je ne comprends pas ses propos, ni à qui il s'adresse, sans doute une femme mais j'ignore ce qu'il lui reproche. Une goutte froide coule dans mon dos et la chaleur n'y est pour rien. La logique devrait m'imposer ce constat lucide : les délires de mon père ne m'appartiennent pas. Pourtant, il y a quelque chose que je ne sais nommer, inconscience, colère, hostilité ou haine, qui me prend par la main et m'attire à l'intérieur de moi-même, dans un lieu plein de boue, humide et sale, où je ne veux pas mettre les pieds. Une grotte, oui, une grotte obscure où une petite fille s'est réfugiée il y a bien longtemps. Elle voulait que rien ni personne ne puisse la voir, la retrouver ou lui faire du mal. Cette petite fille dans la pénombre, elle me regarde et m'oblige à relire la lettre, à examiner les mots de plus près, à tenter de comprendre si c'est à moi que s'adresse mon père quand il évoque la mort, les choses enfouies sous terre et la boue dans laquelle elles s'enfoncent.

Je contemple cette triste gamine, quand la sonnerie du téléphone me fait sursauter. Mon cœur bat à tout rompre. Je décroche.

— Allô ? Attilio ?

— Bien arrivée ?

— Oui, oui.

— *Ce putimme vede'?*

— Je suis éreintée. On se voit demain, plutôt ?

— *Vabbuò...* On déjeune ensemble ?

— D'accord. Quelle heure ?

— Une heure et demie, Piazza Bellini.

— Très bien. À demain, alors.

Je m'apprête à raccrocher, quand il ajoute soudain :

— Anna ?

— Oui ?

— T'as lu sa lettre ?

— Oui, Attì.

— Et t'en penses quoi ?

— Écoute, je n'en sais rien, Attì. Je te l'ai dit, je suis crevée.

Silence.

— Et toi, qu'est-ce que tu en penses, Attì ?

— *A tanti ccose, Anna. Me sto mettenno paura.* J'ai peur que, comment dire… que papa n'ait plus toute sa tête. *Nun capisco proprio.*

— Attì, si quelque chose doit sortir de tout ça, alors mieux vaut que ça sorte. Peut-être que…

— Quoi ?

— Je n'en sais rien, Attì. Bon, il faut que je me repose, on se voit demain.

— *Vabbuò. Ciao, Anna.*

Je n'ai plus envie de réfléchir. Je passe la feuille entre mes mains et repense à ces textes enluminés des bibliothèques anciennes avec leurs gros meubles de bois foncé. Dans les marges de la lettre de mon père, il y a de petites fioritures et des dessins. J'aurais besoin de mes lunettes pour les examiner de plus près, mais je n'ai aucune envie de me lever. Je me laisse aller à la myopie. Puis j'abandonne et je ferme les yeux.

Un léger vent s'est levé, le même que quand j'étais petite, à la fenêtre de ma chambre qui donnait sur le théâtre antique.

Je rêvais de nouveauté et de beauté, mais je savais que personne ne me conduirait au port pour lever l'ancre. Je devais me débrouiller seule, courir même dans mes rêves et m'évader, peut-être. Je me laisse bercer par les voix du téléviseur qui me parviennent de l'appartement du vieil homme d'en face. Je ne distingue plus que la lueur clignotante de l'écran qui retransmet les mêmes émissions en boucle tout l'été.

Le premier message de mon répondeur me revient à l'esprit. Je dois répondre à mon éditeur qui attend un manuscrit. C'est une impasse, je suis comme enlisée, les mots ne me viennent plus. Je ne retrouve plus les touches sur mon clavier et quand je m'assieds à mon bureau je crois mourir. Assez, j'arrête d'écrire, je me le suis répété des centaines de fois ces derniers mois.

On frappe à la porte. Le bruit semble venir de loin. Je jette un coup d'œil à mon téléphone portable. Il est deux heures. La chambre est plongée dans le noir. Peut-être me suis-je trompée.

Non.

On frappe encore.

Je me lève lentement et me dirige vers la porte sans faire entendre le bruit de mes pas. Les coups retentissent encore et je dois mettre une main sur ma bouche pour m'empêcher de crier. Je tremble. Qui peut bien me chercher dans la nuit ?

Je colle l'oreille à la porte. J'entends des chuchotements. Je ne distingue pas les voix. J'écrase mon visage contre le bois, la sueur coule sur mon front. Un léger piétinement. Les voix et les chuchotements persistent.

Et puis ça vient.

Je sens une main qui me frôle l'épaule droite et qui la presse pour me calmer. Je ne peux pas me retourner.

Comment est-ce possible, qui me touche désormais, qui me repousse doucement ? On se tient derrière moi et on me regarde, je sens un souffle. Qui êtes-vous ? On ne me répond pas. On s'approche et on enlace mes épaules. On m'embrasse dans le cou et on cherche mes seins. Une main m'entoure les côtes et descend plus bas sur mon ventre. J'éprouve soudain du désir pour cette présence inconnue. Je tends une main par-dessus ma tête pour essayer de toucher un visage, des cheveux. Ils sont rêches, bouclés. Au bout de mes doigts, je sens une bouche très douce, pas violente. L'haleine est chaude et délicate. On me susurre quelque chose à l'oreille que je ne saisis pas. Je lui demande de répéter. Et j'entends encore ces mots susurrés tous bas. Je dis que je ne comprends pas, *répète, allez répète*, mais rien.

J'entends encore frapper.

— Anna ? Vous êtes là ?

Je me réveille en nage, agitée, un filet de salive au coin des lèvres. Sandra attend derrière la porte. Ma nuque est douloureuse, j'ai passé la nuit dans le fauteuil.

J'ouvre la porte. Sandra m'observe, elle baisse les yeux. Je suis encore à moitié nue, la serviette qui m'enveloppe depuis la veille laisse entrevoir un de mes seins. Je me couvre vite.

— Excusez-moi. Je vous ai réveillée ?

— Non, non, Sandra, merci.

— Je vous prépare un petit-déjeuner ?

– Quelle heure est-il ?

– Presque onze heures.

J'accepte avec plaisir.

En refermant la porte derrière moi, je me souviens du rendez-vous avec mon frère. Il me reste un peu de temps pour reprendre mes esprits et réfléchir. Je ramasse le message occulte provenant d'un monde lointain. Ce fragment de mon père en phrases décousues. Je le fourre dans mon sac, puis je pense à la rencontre qui m'attend.

Il me faudrait un baptême de café.

Quand je me retourne pour regarder autour de moi dans la chambre, je revois un instant toute la scène de mon rêve. La lettre par terre, le cendrier plein de mégots laissés là comme des pensées sans conséquence, à moitié brûlés.

Il faut que je me dépêche, Attilio doit m'attendre. Nous ne nous sommes pas vus depuis des années. Mon frère est un étranger avec qui je partage des souvenirs d'enfance. Petite, j'étais avide de compagnie et je le suivais partout pour apaiser la solitude qui me rongeait comme un ver.

Je sors de la douche avec les cheveux mouillés. Les dessins sur les carreaux bleus ressemblent à des gouttes d'eau. Je me revois petite fille, assise sur le bidet, la culotte baissée, explorant entre mes jambes, pleine d'un désir que j'ai vite appris à satisfaire pour rester bien sage, pour vaincre l'angoisse, la peur, l'abandon. J'ai honte de moi-même et de ce souvenir que je chasse d'un revers de main. Je l'efface en frottant la serviette éponge sur mon corps, je l'écarte de mes cheveux à coups de brosse, je le lave de mon visage.

Alors je me déguise en un nouveau moi, j'enfile un pantalon ample et un débardeur à fines bretelles, des sandales, des lunettes noires, un sac en bandoulière. Je prends mon téléphone, mes clés et je sors. Sandra se précipite dans le couloir pour me rappeler le café, et moi, fuyant déjà dans l'escalier, je lui réponds que je suis désolée, je dois filer.

Dehors, la rue grouillante de vie m'absorbe et efface tout le reste. Je me demande pourquoi Naples est ainsi, pourquoi elle me noie toujours comme une goutte d'eau dans une mer immense, sans aucune pitié, sans égard pour qui je suis et pour mon histoire, pour cette autre que je suis devenue. Si seulement elle existe.

Je passe devant la chapelle Sansevero. La queue pour voir le *Christ voilé* est interminable. Je pense aux touristes qui veulent pénétrer les entrailles secrètes de notre peuple et de sa terre, à ce voile qu'ils voudraient soulever dans l'espoir de découvrir un mystère.

J'entends qu'on m'appelle. Je me retourne. Je ne m'oriente pas facilement dans les rues encombrées de gens qui flânent en quête de je ne sais quoi.

Et soudain, je le vois.

Il se tient près d'un arbre au milieu de la Piazza Bellini. Il est grand et maigre, je le reconnais à la façon qu'il a de se tenir. La même pose que sur une vieille photo de nous deux, où nous sommes côté à côte et où je me mesure à son épaule pour voir combien il est plus grand que moi. Quand j'arrive enfin devant lui, je ne sais pas comment le saluer. Mais lui sait, il se jette sur moi pour m'enlacer et manque d'écraser mes lunettes. Une étreinte inquiète. Moi, au contraire, j'aurais voulu courir dans la direction opposée, comme poursuivie par une bête féroce prête à me mordre les jambes et à me mettre en lambeaux avant d'abandonner mon corps informe et sans vie au regard d'un public distrait. Histoire de dire : voilà ce qui arrive à ceux qui décident de partir.

— *Uè Anna, comme te sì fatta bella.* T'as l'air d'une jeune fille.

— Vraiment, Attì ? Eh bien, ça fait plaisir.

— Allez, on va manger un morceau. Ici, ça te va ?

— Oui, bien sûr.

— J'étais sûr que ça te plairait. Tu venais là avec tes amis de la haute, ceux de l'université. Tu te rappelles ? *T'arricuorde?*

Je le regarde un instant par-dessus mes lunettes pour vérifier si ce type insupportable est vraiment mon frère. C'est ainsi, je n'y peux rien. On m'a donné ce frère-là et je dois m'en accommoder, comme un héritage qu'on accepte malgré nous et s'il vaut quelque chose tant mieux, sinon ce ne sont que des ennuis.

On s'approche de l'*Intra Moenia*. C'est un joli bar avec une terrasse qui me rappelle les cafés parisiens. Les gestes d'Attilio sont brusques, il attrape deux chaises et agite les bras en s'adressant aux serveurs, il veut une table dans un coin, à l'écart, *pour causer un peu avec sa sœur qui vit à l'étranger, ça fait des années qu'il ne l'a pas vue.*

Cette déclaration d'appartenance me met mal à l'aise. Ces mots qui signifient que j'ai quelque chose à voir avec cet homme de quarante-sept ans et presque deux mètres qui se comporte comme un garçon de quinze ans. Je me demande bien quelles sont nos ressemblances. Je le regarde et l'envie me prend de lui dire qu'il se trompe, que lui et moi n'avons rien en commun, que je ne l'ai jamais vu de ma vie, ni lui ni sa famille de fous, d'ailleurs – entre celui qui fugue de la maison à quatre-vingts ans et l'autre qui s'y enchaîne jusqu'à la mort. Mais je ne le dis pas, je ne peux pas le dire. Au fond, je ne suis pas encore prête à prononcer ces tristes vérités. J'en ai la nausée. Je voudrais pouvoir vomir tout ce qui s'accroche malgré moi aux parois de ma conscience.

— Alors, de quoi tu voulais qu'on parle ?

— Bon sang, Anna... T'es pas au courant pour papa ?

— Je te l'ai dit hier au téléphone. J'ai pris sa lettre et j'ai essayé d'en lire un bout, mais je n'y comprends rien, on dirait un langage codé, et papa qui fait le mystérieux... Vraiment, tout ça n'a aucun sens.

— Il se passe des choses étranges.

— En effet, notre père qui fugue, à presque quatre-vingts ans, tout en prenant soin de laisser une lettre derrière lui pour qu'on le retrouve, c'est sans queue ni tête.

— Papa n'a pas fugué. Il allait mal depuis longtemps, il était bizarre, il passait son temps enfermé à fabriquer ses petites figurines de crèche, sans jamais les montrer à personne. *Chi 'o ssape c'ave passato...*

— Mais qui a bien pu te raconter tout ça ?

— *Anna, o' ssape tutto o' quartiere...* C'est un secret pour personne dans le quartier.

Le quartier. À Naples, il est le gardien de toutes les vérités. *Voce 'e popolo, voce 'e ddio*, comme dit le proverbe, la voix du peuple est la voix de Dieu. Nul besoin d'enquête de police. Le quartier sait déjà tout avant d'avoir la moindre preuve. Les preuves se créent, elles s'inventent, et puis le quartier sait raconter et tout réside dans le pouvoir des mots. Les récits se manient avec science, car les paroles ont un poids. Plus c'est gros, grave et imagé, plus on y croit. Le quartier avait dicté mon retour à la maison.

Pendant qu'Attilio radote, mon esprit divague vers l'homme que j'ai croisé la veille, celui qui avait l'air de me connaître.

— *Anna, ma me siente?*

— Oui, oui, je t'écoute.

— Voilà. Alors, tu vois un peu la situation. Moi, je suis convaincu que...

La sonnerie du téléphone me sauve de ses propos sans queue ni tête.

— Désolée, Attì. Je dois répondre.

— Anna, enfin, mais où étiez-vous passée ?

— Excusez-moi... Je suis à Naples.

— À Naples ? Mais vous avez perdu la tête ? On attend votre dernier chapitre et vous partez en vacances ?

— Écoutez, mon père a disparu il y a deux mois et nous ne savons pas comment le retrouver. Je devais faire le déplacement. Ma mère ne m'avait rien dit.

— Je vois.

— Je suis désolée.

— De quoi, Anna ? D'être partie ou de n'avoir rien rendu à votre éditeur ?

Mon doigt glisse sur l'écran. Je mets un terme à la conversation sans dire un mot. Le téléphone se remet à sonner, j'appuie mon doigt sur le symbole rouge. Je refuse l'appel, encore et encore.

Mon frère attend dehors. Je le vois fumer plus loin sur la place. Nous nous regardons à travers la vitrine comme dans une glace. Nos reflets se confondent. Une génération sacrifiée. Je me souviens de nos jeux d'enfants, mari et femme, docteur et professeur. Nous jouions ensemble pendant de longs après-midis, tandis que nos parents tentaient de subvenir aux besoins de la famille. Je me souviens de la nuit qui tombait tôt les jours d'hiver, des bruits qui s'élevaient de la rue et nous rappelaient que Noël approchait. Les marteaux qui frappaient le liège et le bois, les crèches partout, les scènes de Nativité qui éclaireraient les rues pendant presque deux mois. Je repense à la mélancolie que m'inspiraient ces images et celle-ci se mêle à l'angoisse d'avoir raccroché au nez de mon éditeur. Des larmes me montent aux yeux. Je dois avoir un certain penchant pour l'échec.

— Ça va ? C'était qui au téléphone ?

— Personne. Le travail.

— Et alors ?

— Je ne suis même plus capable d'écrire.

— Qu'est-ce que ça veut dire ?

— Ça veut dire que je n'ai plus d'histoires. Pas la moindre idée de ce que je pourrais bien raconter.

— *Eh, nun te 'ncazzà.* Où est le problème ? Une histoire, ça se trouve !

— Arrête de dire des conneries !

— Oh, mais qu'est-ce que j'en sais, moi ? D'ailleurs, tout ça, c'est pas déjà une histoire ?

— De quoi tu parles ?

— Bon sang, Anna. Toi et moi, dans un bar, à échanger, à réfléchir à ce qui a pu arriver à papa.

— Attì, je ne peux pas raconter une histoire de famille. Mon roman est censé me faire vivre et il doit avoir un sens. Tu comprends ? Qui en a quelque chose à faire de mon histoire, de la tienne, de celle de notre père qui disparaît ou de notre mère qui est une conne ? L'écriture, ce n'est pas ça.

Attilio me fixe, interloqué. Puis il éclate de rire.

— Et pourquoi pas, Anna ?

Je ne sais que répondre. Soudain prise de colère, je me lève et me dirige vers la sortie. Le serveur me regarde passer et je l'entends m'appeler, mais il est trop tard ou trop tôt, mes yeux sont pleins de larmes. Un barrage s'est brisé à l'intérieur. Je dois m'enfuir. Marcher dans les rues, me laisser dévorer par les regards des gens qui ne demandent rien, ni pourquoi ni comment, et qui me laissent errer dans les ruelles et sur les places. Je monte la Via Costantinopoli au pas de course, avant de ralentir. Je croise le regard d'un vieil homme qui dort sur les marches de l'église. Il était déjà là quand j'ai quitté la ville. Autrefois, il menait une existence convenue, il avait une maison, une mère, des frères et sœurs, puis un beau jour le destin l'a rattrapé pour lui faire comprendre qu'il avait toujours été insignifiant, même avant d'être à la rue, avec ses cheveux hirsutes et ses sales loques.

J'entends qu'on m'appelle. Attilio me suit depuis tout à l'heure, je suis partie en oubliant mon sac, mon téléphone et mes lunettes de soleil. Je reste immobile. Je transpire et mes poumons brûlent. Attilio s'approche. Il me regarde sans rien dire. Il me rend mon sac et ces lambeaux de moi-même que je ne saurais nommer.

— Ça va pas, non ? Qu'est-ce que tu fous ?

— Excuse, Attì. Je ne me sens pas très bien. J'aimerais rester un peu seule. Je t'appelle plus tard, d'accord ?

— *Va bbuò, Anna.* Mais tu m'oublies pas, hein ?

Je le regarde s'éloigner sur la Via del Sole, avant de disparaître. Ensuite seulement, j'arrange mes cheveux derrière mes oreilles, je remets mes lunettes qui glissent de mon nez à cause de ma sueur. Le vacarme de la rue m'étourdit.

Tout ça, c'est pas déjà une histoire… Le tourbillon de mots et de visages qui s'élève autour de moi et à l'intérieur me donne envie de déchirer toutes les pages que j'ai pu écrire jusque-là. Je voudrais être nue au bord de la mer pour laisser l'eau m'immerger, mais je suis toujours là, immobile, à me débattre entre mes souvenirs et mes peurs.

Le vieil homme me regarde. Il s'appelle Enzo. Je me souviens bien de lui. Quand on l'a mis à la porte parce qu'il ne payait pas son loyer depuis plus d'un an, il s'est installé sur le parvis de l'église et s'est créé un nouveau chez lui.

Enzo me regarde sans me reconnaître. Il ne sait pas que dans ma chambre d'enfant, là-haut, je pensais souvent à lui, sur son carton dans le froid, sans parvenir à trouver le sommeil. Son existence me rappelait que le sort pouvait frapper n'importe qui, pas seulement ceux qui ne payaient plus leur loyer mais tous ceux qui se disaient différents, tous ceux qui avaient la force d'exprimer des idées que les autres ne partageaient pas. Nous pouvions tous nous retrouver sur ces marches ou être condamnés à chercher éternellement un endroit, une crevasse, une tombe, quelque part dont je puisse enfin dire : *ici c'est chez moi, j'ai la paix.*

Un pas après l'autre, comme si je venais d'apprendre à marcher, j'avance sur les pavés irréguliers et brûlants de soleil. Par chance, je porte des sandales plates. Les rues de Naples ne sont pas faites pour marcher avec des talons. Il est déjà presque trois heures. La ville se dépeuple et les rues se vident, les scooters et les voitures sont plus rares. La *controra*, ce moment de pause qui permet de rétablir les habitudes humaines, les gestes lents, la faim et la soif que l'on assouvit. Cette trêve transforme la rue en une scène de théâtre où tout pourrait arriver, à chaque instant, sans crier gare. Même le vieil homme sur le parvis de l'église se fait plus discret. Je retourne à la Piazza Bellini. Le serveur me suit du regard. Je me demande ce qu'il pense de moi. Et après tout, je m'en fiche. Je veux seulement rentrer à l'hôtel pour me reposer.

Mon portable sonne. Je mets un temps fou à l'extirper de mon sac. Ma mère. Je ne veux pas décrocher, pourtant je le fais.

— Allô, maman ?

— *Uè Anna, addo' staje?*

— Piazza Bellini, pourquoi ?

— *Nun vieni oggi?*

— Pourquoi est-ce que je viendrais ?

— Pour rien.

— *Va bbuò*... J'arrive.

Elle me raccroche au nez. C'est un vice de famille, on bloque les conversations, on refoule les souvenirs. Une habitude profondément ancrée, on traite nos semblables comme le résultat d'un mauvais sort auquel il faut bien se résoudre.

Pourtant, on appartient à la même tribu. On se comprend. De part et d'autre de ce grand mur de culpabilité et de silence, on se met à genoux, les uns face aux autres, et on s'appelle par nos noms, on prononce des mots plus forts que jamais. On appelle à l'aide à notre manière : silence, mutisme, repli, bouderie, bras croisés, regards perdus dans le vide, lits défaits, se réveiller à cinq heures de l'après-midi, montrer qu'on n'a plus envie de rien ni de personne.

C'est ainsi qu'a toujours fait ma mère.

Un après-midi de février, j'avais quinze ans et on m'avait invitée à une fête. La première fois que mes camarades de lycée s'intéressaient à moi. Je devais me rendre à Via dei Mille, un quartier de gens bien où ma mère faisait le ménage. Je n'avais jamais dit à personne que ma mère était femme de ménage, et peut-être même dans leurs maisons ; qu'elle se levait à cinq heures et prenait tous les moyens de transport imaginables pour arriver chez eux à l'heure, qu'elle s'échinait pour faire briller leurs beaux parquets. À Naples, une frontière sépare le quartier riche sur la colline des ruelles puantes et sombres du centre-ville où je suis née.

Personne ne le savait, ou ils s'en moquaient. Un jour à l'école, pendant le cours de littérature, j'ai dû réciter le poème de Montale, *Peut-être un matin, allant dans un air de verre.*

Au lieu de lire, j'ai récité les vers de mémoire, avec une voix que je ne me connaissais pas, une voix qui venait de loin, comme baignée de liquide amniotique. Je voyais les mots jaillir de ma bouche ; comme un voile de soie blanche, ils glissaient. Sans m'en rendre compte, je me suis mise à pleurer et j'ai continué à réciter le poème, alors que les larmes coulaient sur mes joues. L'institutrice, qui m'avait toujours prise pour une idiote, ou du moins c'est ce que j'ai toujours cru, était bouche bée. Mes camarades de classe aussi. À la fin, j'ai ajouté que cet « air de verre » dont parle Montale m'était familier : c'était là que nous étions enfermés depuis des années, mon frère, mes parents et moi. Un air irrespirable et tranchant, qui menaçait à tout moment de se briser dans mes yeux. Ensuite, je me suis rassise en silence.

Mes copains de classe avaient enfin remarqué que j'existais et on m'avait invitée à la fête. De retour à la maison, j'avais relaté l'épisode à ma mère et ses yeux s'étaient emplis de rage.

— *E chi so' chisti ccà?*

— Mes camarades de classe.

— Ses camarades de classe ! Écoutez-la un peu faire sa grande dame ! *Ma chi cazzo 'e cunosce, Anna!*

— Moi, je les connais.

Elle s'avançait vers moi avec des yeux qui semblaient prêts à me dévorer le cœur.

— Regardez-la ! Écoutez-la ! Elle les connaît ! Mais qui tu crois connaître ? Tu te crois meilleure que moi parce que t'as lu trois livres ? Tu n'es personne ! Tu le sais ça ? *O' ssaje o no?*

— Mais qu'est-ce que j'ai fait de mal ? Je veux juste aller à une fête…

— On se crève à les élever, ces gamins ingrats qui ne comprennent rien à rien. Tu veux aller à cette fête ? Eh bien, vas-y ! *Vaje. Vattenne a' festa, va'.*

Je ne suis pas allée à la fête. Ses mots avaient suffi à me faire sentir coupable de ne pas vouloir lui ressembler, ni à elle ni au reste de ma famille, proche ou lointaine. J'avais honte de ne pas comprendre pourquoi elle m'infligeait ça, pourquoi elle me faisait payer chacune de mes tentatives maladroites de devenir une autre Anna que je ne connaissais pas encore mais qui se pressait en moi et voulait naître.

Ce souvenir flotte encore devant mes yeux, quand j'atteins la petite église de Santa Maria delle Anime del Purgatorio sur la Via dei Tribunali. Je regarde les deux crânes de bronze à l'entrée. Un sentiment d'horreur à l'égard de la mort me traverse et je pense à mon père qui a disparu je ne sais où.

Je le vois. Il est là, sur le parvis de l'église. Aujourd'hui, il ne porte plus son costume de lin blanc mais un bermuda, des baskets et un t-shirt blanc en coton avec l'inscription « Paris ». Au premier coup d'œil, cet homme pourrait ne pas être celui que j'ai aperçu hier. Il a plutôt l'air de ce genre de types louches qui traînent sur les places et dans les parcs pour faire du trafic. Je passe devant lui et me retourne d'un coup. Ça suffit. Je décide de l'aborder, comme si je n'avais rien à perdre et malgré la fatigue qui me pèse depuis que j'ai remis les pieds dans cette ville désolante. Je m'approche de lui au point de m'effrayer moi-même. Une odeur de tabac émane de son haleine, peut-être aussi de ses vêtements. On se toise comme deux bêtes silencieuses.

— Je peux vous aider, madame ?

— Oui, vous pouvez.

Je m'approche à quelques centimètres de son visage, jusqu'à lui frôler le menton.

— Qu'est-ce que vous me voulez ? Qu'est-ce que vous avez à me regarder comme ça ? Vous êtes là à me fixer depuis hier.

— *'E femmene belle se guardano signo'... Nun 'o ssapite?*

— Arrêtez un peu de faire le malin. Qu'est-ce que vous me voulez ?

Pendant un moment, son regard s'attarde sur ma bouche. Je parle et il reste collé à mes lèvres. Il est plus grand que moi, assez beau. Il doit avoir la soixantaine, même s'il paraît plus jeune. Ses yeux sur ma bouche me coupent le souffle. La sueur perle sur mon front. Une excitation étrange monte en moi.

– Ce que je veux ? Et vous, qu'est-ce que vous voulez ?

Je me hasarde :

– Vous le savez très bien.

– Un peu de compagnie ?

Il parle avec l'assurance d'un homme qui connaît les femmes, leurs désespoirs et leurs solitudes. Son regard me dérange, il lit mon regret d'être restée seule, de n'avoir jamais été capable de fonder une famille. Il le voit. Je le sais. Dans les rides de mon cou, les signes d'une vieillesse inéluctable. Dans chaque repli de peau, une perte, une défaite de mon destin de femme seule. Quand on est jeune et belle, la solitude est une récompense pour avoir le courage de rester libre et la force de se suffire à soi-même. C'est un trophée à exhiber, un appât pour des hommes curieux de toute cette autosuffisance. Puis avec le temps, la solitude se transforme en un manteau qui nous recouvre les yeux. Quelque chose se produit lors de ces soirées solitaires, des images du passé ressurgissent, et soudain on voudrait crier au secours, appeler à l'aide, ne serait-ce que pour recevoir une main sur l'épaule, un regard, des coups de balai au plafond, mais personne ne vient, pas même un voisin pour nous dire de la fermer. Rien.

L'homme insiste, il souhaite savoir si j'ai besoin d'un peu de compagnie. Il se dévouerait volontiers. Dans une autre vie, je l'aurais giflé, je lui aurais dit ses quatre vérités, mais là, non, je voudrais plutôt le suivre dans cette ruelle. Je voudrais qu'il me prenne, qu'on déguste cette chair sans en savourer le goût.

Je sais qu'il accepterait, qu'il n'y verrait aucun mal, qu'il irait ensuite raconter à ses amis au bar qu'il s'est tapé une étrangère, seule et désespérée, au point de le suivre dans une ruelle fréquentée où l'on aurait pu les voir. Je suis certaine qu'il accepterait.

— Vous connaissez mon père ?

— Votre père ?

— L'homme qui a disparu depuis deux mois et qui a fait venir sa fille de l'étranger pour qu'elle le retrouve. Vous le connaissez, oui ou non ?

— *E pecchè l'avessa conoscere?*

— Parce que tout le quartier est au courant.

— *Voce 'e popolo, voce 'e ddio.*

Mais qu'il se taise à la fin ! Je veux savoir qui il est et ce qu'il attend de moi :

— *A vulite fernì! Diciteme chi siete, che bbulite 'a me?*

Le dialecte remonte comme un haut-le-cœur. Une régurgitation amère des origines que je ravale sans mâcher. Ma langue maternelle me revient telle une punition. Il a l'air déçu. Je ne suis pas l'étrangère qu'il s'imaginait. Je suis napolitaine, comme lui.

— *Venite cu' me.*

Je le suis sans poser de question. Je monte les marches derrière lui. Les rues fourmillent, les gens font des emplettes, la file de touristes devant la Pizzeria Sorbillo bloque la Via dei Tribunali. J'entre dans la chapelle. Personne ne me voit suivre l'inconnu. Personne ne me voit errer dans ces rues depuis deux jours, comme une âme égarée, une renégate, une traîtresse.

Le jour où j'ai vraiment vu ma mère, trente-trois ans plus tôt, elle pleurait. Il faisait chaud, elle était assise près du balcon. À l'époque, nous passions toujours le mois d'août à la mer. Nous logions dans une maison à Villaggio Coppola et l'espace d'un mois nous étions presque comme les gens de la haute.

Ma mère trimait même là-bas. Elle cuisinait pour toute la famille, faisait les courses et nettoyait l'appartement jusque dans les moindres recoins. Elle ne mettait jamais les pieds à la plage. Ce fameux jour où je l'ai vue pleurer, nous n'étions pas allés à la mer de toute la journée. Elle était prostrée, sous le morceau de ciel qui s'étirait par-dessus la rambarde du balcon. Je l'entendais parler tout bas, comme si elle avait perdu la tête ou comme si elle était à confesse. Elle répétait inlassablement *nun ce 'a faccio cchiù,* je n'en peux plus, je n'en peux plus, en se balançant doucement, la tête entre les mains, comme pour se consoler. En la voyant dans cet état, j'ai ressenti une douleur au milieu de la poitrine.

Un jour, elle n'était pas rentrée. Sans elle, la maison était mutilée. Personne ne soufflait mot. Le soir tombait comme une toile lourde et sombre sur notre immeuble, notre petit monde de béton. Une crèche d'hommes, de femmes et d'enfants prise dans le ciment.

Elle était méconnaissable à son retour. Pendant le dîner, elle s'était assise à table et d'un signe de la tête, elle nous avait appelés, mon frère et moi. Mon père ne s'était pas approché, il traînait dans un coin de la pièce comme un vieil habit.

Elle avait dit qu'elle chercherait un travail le lendemain, que l'argent manquait, que notre père était un bon à rien et qu'il fallait bien qu'elle prenne les devants, que lorsqu'un homme est un incapable, alors c'est à la femme de faire l'homme :

— *'A dimmane vaco fore a fatica'. Ccà 'e sorde nun abbastano, chillo nun è buono e allora aggia ascì pe' forza. Si uno nun è capace a fa' l'omme, allora l'omme l'adda fa' 'a femmena.*

Et c'est ainsi que ses absences avaient commencé. Elle rentrait toujours tard le soir à la maison et partait tôt le matin. En troisième année d'école primaire, j'avais appris à ne pas trouver de petit-déjeuner sur la table de la cuisine, à ne pas recevoir de câlin ni même de petit mot. De son côté, ma mère semblait revenir à la vie, mais en plus méchante, comme une chienne qui retrouve un ancien maître qu'elle n'aime plus et qu'elle punit de son abandon. La maison était devenue une place publique pour son exutoire. Elle partait à cinq heures du matin, faisait parfois le ménage jusque dans quatre appartements et rentrait, le soir à huit heures. Nous mangions des plats cuisinés, tout prêts dans leurs emballages. Nous n'avions jamais vu de telles choses auparavant. Des poulets de rôtisserie, des pommes frites, des beignets de légumes. La sonnette retentissait souvent, l'apprenti du maraîcher ou du boucher apportait des sacs remplis de courses que je devais ranger dans les étagères de la cuisine. Ma mère passait commande et payait plus tard. Patronne de son argent et de ses désirs.

Je ne manquais jamais de rien. Pour chaque fête, j'avais toujours une belle robe. Pour chaque rentrée scolaire, j'avais un cartable neuf, des cahiers, un étui et des crayons de couleur. Tout avait cette bonne odeur de l'à peine déballé. Je n'osais presque pas utiliser ces affaires. J'épiais ma mère en silence, je cherchais à comprendre les raisons de ce changement, ce que l'argent pouvait l'inciter à faire, ce qu'il lui faisait découvrir. Elle demeurait pour moi un mystère. Ensuite, les appels anonymes ont commencé. La ligne se coupait quand mon frère ou moi décrochions, mais quand c'était elle des conversations s'engageaient à voix basse. Il nous en parvenait des bribes entrecoupées de soupirs inexplicables.

Un jour, mon père avait décroché le combiné. À l'autre bout du fil, personne ne parlait. Mon père avait réagi à ce silence avec des jurons que je n'avais jamais entendus sortir de sa bouche. Lui qui avait toujours été muet, plutôt mort que vivant, incapable de répondre à la moindre provocation. Je l'ai vu frapper le combiné contre le mur, puis à genoux, contre le sol, jurant sur la Madone et tous les saints, pleurant de désespoir, la morve coulant sur ses lèvres. Il avait l'air d'un enfant à qui l'on a confisqué un jouet. Ce soir-là, ma mère n'était pas à la maison. Je me retrouvais seule avec ce pantin de père qui avait déposé dans mon assiette une tomate et un œuf dur en guise de dîner. Quant à mon frère, il était parti à la recherche de notre mère dans les rues de Naples comme si nous vivions dans un village. Où était-elle passée ? Avec qui était-elle ?

Mon père restait planté sur le balcon et il fumait.

Quand elle est enfin rentrée, ils se sont regardés, lui depuis le balcon, elle sur le seuil de la porte. Ils n'ont pas échangé un seul mot. Et personne ne m'a rien dit, à moi. Je les observais en tremblant, terrorisée, en m'attendant à voir voler des objets à travers la pièce, des casseroles ou des assiettes. Ma mère a jeté un coup d'œil au téléphone brisé sur le sol, elle l'a enjambé et s'est dirigée vers la cuisine. Quand elle est passée devant moi, elle tournait le dos à mon père et j'ai lu sur son visage un rictus de satisfaction. Je l'ai suivie dans la cuisine. Elle a préparé du café.

— T'étais où, maman ? On s'est fait du souci.

— *Sì a' mamma'?* À partir d'aujourd'hui, faut plus s'en faire pour moi. Surtout toi. Sois sage et occupe-toi de tes petites histoires.

— Mais j'ai pas mangé…

— *E nun fa' niente.* Tu mangeras demain. *Mo' tengo che fa'.* Mets ton pyjama, brosse-toi les dents et file au lit.

Depuis ce jour, le ventre plein ou vide, je me mettais au lit toute seule, sans demander mon reste. Je veillais cependant sur ces deux âmes qu'on m'avait données pour père et mère, afin d'éviter qu'ils s'entretuent ou qu'ils détruisent la maison, une chaise, la radio ou le petit chasseur en porcelaine. Pendant presque trois mois, nous n'avons pas eu de téléphone. Si un malheur était arrivé, il aurait été impossible d'appeler à l'aide. Nous aurions ainsi pu mourir seuls et oubliés. Un voisin nous aurait seulement découverts à cause de l'odeur de mort dans le couloir de l'immeuble.

Un soir, elle a rapporté un nouveau téléphone. Un modèle plus moderne qui n'avait pas de cadran à disque mais un véritable clavier avec des touches. Elle l'a fait fixer au mur de la cuisine. L'autre combiné se trouvait sur sa table de nuit. Ma mère se tenait prête à décrocher à la première sonnerie pour répondre aux appels de la personne qui cherchait à la joindre depuis les tréfonds du câble.

Quand elle était à la maison, mon père ne décrochait jamais le téléphone et nous non plus. Il tolérait ses secrets, là était sa seule stratégie pour vaincre ce jeu contre la mort. Il a résisté tant qu'il a pu. C'est sans doute pour ça qu'il est parti. Et s'il m'a écrit à moi, c'est peut-être parce que j'ai su veiller en silence, docile servante de ce théâtre violent.

Ma mère a continué à travailler loin de la maison. Elle disait en riant, qu'elle avait beau faire la bonniche, elle avait au moins les moyens de s'acheter toutes les robes et les chaussures qu'elle voulait et ses enfants ne manquaient plus de rien, pas comme avant :

— *Faccio 'a sguattera, però mò me pozzo accatta' vestite e scarpe comme me piacieno a mme. Ai figli miei nun ce manca niente. No comme 'a primma.*

À ces mots, mon père accablé de honte se faisait tout petit.

De mon côté, j'apprenais à comploter pour organiser ma fugue. Je gardais dans mon armoire un rouleau de papier toilette sur lequel j'inscrivais les jours qui restaient jusqu'à la fin de l'école, pour toutes les années jusqu'à la dernière du lycée. Je faisais une coche à côté de la date à la fin de chaque journée et je voyais ainsi passer le temps, me conduisant seule vers ma future libération. Mais ma mère a découvert la liste de mes jours d'agonie. Un soir, le rouleau de papier a disparu de mon armoire. J'ai compris que je devais cacher mes affaires dans des lieux inaccessibles. Les recoins les plus secrets.

La lettre de mon père prouve qu'il a toujours été comme une âme errante dans ce quotidien de factures à payer, de cafés froids, de matins où l'on refuse de sortir de chez soi pour vaquer à ses occupations.

Je me souviens quand il s'était mis à la pêche. Il sortait à l'aube tous les dimanches, traînant derrière lui mon frère qui n'avait aucune envie de l'accompagner et que seuls les cris et les coups pouvaient tirer du lit. La difficulté à se lever le matin, Attilio l'a sans doute héritée de cette contrainte.

Mon père avait acheté tout le nécessaire, des hameçons, des appâts, des lignes de toutes sortes et des cannes, surtout. De trois dimensions différentes. Son choix semblait dicté par une science que je n'arrivais pas à comprendre, même si j'éprouvais pour sa nouvelle obsession un respect mêlé d'amertume. Je voyais dans ses gestes et dans le soin qu'il prenait à placer délicatement chaque petit plomb et chaque hameçon dans la bonne boîte, une affirmation de soi pour quelque chose que lui seul avait décidé de faire. La pêche était un refuge qui lui permettait de fuir le monde.

Cette couche de mal-être qui l'isolait et le rendait désagréable se fissurait parfois pour laisser jaillir d'infimes promesses, comme celle de m'offrir un chien. Je lui demandais tous les jours, mais ma mère avait été claire, un chien dans sa maison, hors de question, elle me l'empoisonnerait:

— *Nu cane dint 'a casa, nun 'o voglio. Te l'avveleno.*

Un soir, pourtant, de retour du travail, mon père m'avait dit de descendre dans la cour. Je devais avoir sept ans à l'époque. Il l'avait fait. Une petite chienne qui pissait de joie partout. Alors je m'étais mise à croire que tout ce qu'il disait était possible. La petite chienne était merveilleuse. Mais nous étions loin de la maison toute la journée, les uns à l'école, les autres au travail et le soir, la petite chienne qui était restée seule pendant des heures, avait saccagé l'appartement. On ne la sortait jamais ou on ne lui avait pas appris à faire ses besoins dehors. Elle était tombée dans la mauvaise famille. Ici, personne ne se souciait des humains et encore moins des animaux.

Un jour, la petite chienne a disparu. On m'a dit qu'elle était malade, qu'on l'avait confiée à une famille avec un jardin, que là-bas elle serait plus heureuse. Comme si un jardin était le remède à tous les maux. Dans ce cas, nous n'avons qu'à prendre un jardin nous aussi, avais-je objecté, ainsi nous pourrions enfin nous entendre. Seulement, je savais que le jardin nous le laisserions crever et que sans eau ni soin, les mauvaises herbes finiraient par étouffer les plantes. Quelques jours plus tard, j'ai appris d'un voisin que la petite chienne avait été abandonnée, qu'on l'avait attachée à un poteau près de la gare centrale.

J'haïssais mes parents en silence pour leur méchanceté. Ils m'avaient empêchée de serrer ma chienne dans mes bras une dernière fois. Et je les haïssais pour leur mensonge cruel. Sous le coup de la colère, j'ai lancé à travers la pièce tout ce qui se trouvait à ma portée, des bocaux de pois chiches, des paquets de pâtes, des cartons de lessive. Je me suis jetée par terre sur les débris, je me suis coupé les mains avec les éclats de verre. Mon père, qui ne savait jamais quoi dire ni quoi faire au bon moment, m'a tirée par le bras pour me remettre debout et m'a giflée. Nous sommes tous restés silencieux, ma mère, mon frère, moi et même lui. J'ai senti un filet de sang couler de mon nez.

Bravo, aurais-je voulu lui dire, bravo, alors comme ça toi aussi t'es vivant ? Je n'ai rien dit, mais le mépris dans mes yeux le transperçait.

Ma mère m'a tendu un chiffon pour que je nettoie mon désordre. Elle n'a pas soigné la plaie dans ma main, elle n'a pas essuyé mon nez blessé. Mon frère me regardait fixement, il a fait un geste pour me venir en aide mais on l'en a empêché. C'était à moi de le faire, *l'adda fa' essa.*

Et chacun s'est retiré dans sa tanière.

Aujourd'hui, je m'interroge sur les intentions de mon père. Que veut-il de moi, que je le retrouve ? Pourquoi devrais-je le faire ? Que d'autres partent donc à sa recherche ! D'autres qui partagent la même méfiance, la même indifférence.

Je ne sais que faire de ce morceau de papier froissé. J'ignore qui est vraiment mon père. Pour moi, il est toujours cette même ombre qui s'enfermait dans sa chambre pour confectionner de minuscules bergers et les vendre sur la Via San Gregorio Armeno. Je ne sais pas ce que les gens leur trouvaient à ces figurines hideuses. Elles servaient à donner une impression de profondeur aux paysages des crèches, vers les maisons à l'arrière-plan. Pour moi, ces personnages étaient des ébauches de vie, un peu comme nous. De petits êtres que mon père modelait du bout des doigts et qu'il peignait les uns après les autres avec une minutie extraordinaire pour qu'ils ressemblent à des hommes, des femmes et des enfants. Il étouffait ainsi ce sentiment d'inutilité dont l'avaient affublé ses parents, puis ma mère.

Mon père cousait les figurines sur une étroite bande d'éponge pour éviter qu'elles ne se cassent et les laissait sécher au soleil sur le bord de la fenêtre de la chambre à coucher. Quand il n'était pas à la maison, j'allais les regarder de plus près. Les visages inexpressifs, les regards vides, les bras et les jambes tendus de façon incongrue. De petits êtres exposés à tous les dangers dans leur forme infinitésimale.

Sur l'une des bandes, il avait cousu cinq personnages, une femme, un homme et trois enfants. Une famille. Il avait choisi les couleurs de leurs vêtements avec soin. Certains étaient verts, d'autres roses ou marron. Je voulais les libérer du fil qui les retenait. Je me suis munie d'une paire de ciseaux à ongles et lentement, avec une main aussi sûre que si j'écrivais, j'ai décousu les points qui retenaient les petits bergers à leur éponge. Je les ai pris dans la paume de la main. Une rage sourde m'a soudain envahi, j'ai reposé les bergers sur le bord de la fenêtre, j'ai ôté une chaussure et je les ai frappés, une, deux, trois fois. Je les ai réduits en poussière.

Quand je me suis retournée, mon père était là. Il n'avait pas bougé. Il m'avait laissée accomplir ce massacre.

Je l'ai haï pour ça.

Ils avaient gagné. À leur image, j'agissais en traître. J'étais bien leur fille, le même sang, les mêmes gestes. Impossible d'être une autre. Moi aussi, j'étais capable de détruire, d'anéantir.

J'ai jeté un dernier coup d'œil aux débris éparpillés sur le sol et je me suis dirigée vers la porte. Nous nous sommes regardés un instant. Mon père a fait un pas de côté pour me laisser passer, sans rien dire, sans me toucher. J'ai dévalé l'escalier pour me réfugier dans la rue. Les gens qui bavardaient, qui mangeaient, qui riaient et pleuraient ne me condamneraient jamais. Je pouvais me mêler à la foule pour oublier et me faire oublier. Du moins, c'est ce que je croyais.

Mon frère Attilio a toujours été un lâche, moins par manque de volonté que parce qu'il refuse de devenir adulte et de prendre des décisions. Il rejette la faute sur les autres pour tout ce qui lui arrive, comme emporté par la tornade de sa vie. Après avoir arrêté l'école, il est devenu dépendant de toutes sortes de substances et n'a pas su assembler les morceaux de son existence pour éviter qu'ils se dispersent au premier coup d'œil.

J'éprouve de l'affection pour lui, mais il m'est difficile d'engager la conversation, ne serait-ce que pour discuter de la météo ou de la canicule. Nous n'avons jamais la même perception des événements, même des plus banals. Il déforme la réalité. Mes souvenirs ne ressemblent jamais aux siens. Quand j'ai évoqué notre fameux séjour à la mer, il a prétendu qu'il ne s'en souvenait pas, il se trompait dans les dates et confondait tout. Quand je lui ai rappelé ce qu'il avait fait, il a refusé de m'entendre, borné et stupide, comme si en niant les faits ceux-ci pouvaient s'effacer de mes yeux et de ma chair. À l'entendre, je devrais penser que j'ai perdu la tête, et longtemps j'y ai cru.

Quand j'avais dix-sept ans, j'étais sortie une fois avec mon copain un dimanche. Mon premier amour s'appelait Matteo. Un garçon maigrichon et pas très malin. Nous avions couché ensemble près de l'embarcadère du club d'aviron. L'air était doux et chargé de l'odeur de la mer. Ma première fois. Étendue sur un muret en pierre, j'avais goûté à la douleur piquante de la découverte du sexe. Je n'avais éprouvé aucun plaisir, mais une sensation étourdissante qui m'avait laissé une légère nausée.

La sainte Famille m'attendait autour de la table. Ils parlaient de choses et d'autres, mais ils se sont tus quand j'ai franchi le seuil de la maison. Ma mère me dévisageait comme si elle savait que j'avais pénétré dans un recoin scandaleux de l'existence.

Je me laissais regarder. J'aurais presque voulu qu'elle découvre les détails de l'aventure que je venais de vivre et les indices du sacrilège sur mon visage ou dans mes yeux. Je m'attendais même à la voir se lever, s'approcher de moi pour me flairer, me déshabiller de force comme au poste de police. En alerte, prête à débusquer sa proie.

À la salle de bains, j'ai découvert du sang dans ma culotte. Vierge, je ne l'étais pourtant plus depuis longtemps. Depuis ma première gifle, depuis la scène de la mort d'Ada, depuis les sales histoires qu'on m'avait confiées encore trop jeune. Vierge, je ne l'étais plus depuis toujours. J'ai pris ma culotte, je l'ai enveloppée de papier toilette et je l'ai jetée à la poubelle, avant de me réfugier dans ma chambre.

Ma mère l'a repêchée dans les ordures. Pour prouver mon indignité et ma souillure, elle l'a montrée à mon père et à mon frère.

— *'A verita ccà, 'sta zoccola fetente.* Voilà ce qu'elle fait quand elle sort, cette sale vicieuse. Viens par ici, petite dévergondée, viens là.

Debout au centre de la pièce, elle brandissait ma culotte pour montrer le sang, comme s'il s'agissait d'une relique de sainte, comme une preuve inéluctable non pas de ma vertu mais de ma faute. Mon frère a réagi d'une façon inattendue, confirmant que je n'appartenais pas à cette famille de dégénérés. Mais peut-être avait-il agi de la sorte pour se sentir accepté et aimé de nos parents ? Il a attrapé une poignée de mes cheveux, m'a fait tomber à genoux et m'a crié de demander pardon, *chiedi scusa t'aggiu ditto*.

Moi, j'essayais de libérer mes cheveux de ses mains sans y parvenir, en hurlant *non, non, je ne le ferai pas*. Et lui continuait à tirer, il me faisait mal. J'imaginais ma chevelure épaisse réduite à quelques mèches. Une mauvaise herbe à arracher. Dans mes cheveux résidaient mes idées et mes rêves qu'il déracinait, ou du moins c'est ce qu'il pensait faire.

– *Chiedi scusa a mammà e a papà, fallo, mò mmò*. Demande-leur pardon, ou je vous tue tous les deux, toi et cet enfoiré.

Le sang, la douleur au sommet de mon crâne, les visages hallucinés de mes trois bourreaux m'ont étourdie au point de me faire perdre connaissance.

Le fil qui me reliait à cette tribu de monstres par erreur – il ne pouvait s'agit que d'une erreur du destin – ce fil s'est définitivement rompu. Mon projet d'évasion est né le jour où j'ai perdu ma virginité pour de bon.

Alors j'ai commencé à élaborer toutes sortes de plans pour organiser ma fugue. Chaque jour, je planifiais ma nouvelle vie et j'appréciais plus que tout leur ignorance. Ils ne pouvaient même pas imaginer que j'étais devenue une autre, que seul un nom sur un papier disait encore que je leur appartenais, alors qu'en réalité, à l'intérieur, toutes les cellules de mon corps parlaient une autre langue et se nourrissait d'autres idées. Ils ne l'ont jamais compris, ou peut-être que si. Un jour, ils m'ont laissée partir.

Dans le centre historique de Naples, je me laisse guider le long de la Via dei Tribunali par cet inconnu au visage décharné, mystérieux et séduisant, qui me donne envie d'être femme. C'est là que se trouve l'église Santa Maria delle Anime del Purgatorio, qu'on appelle aussi *chiesa de' 'e cape 'e morte*, l'église des têtes de mort. Il m'accompagne dans ce voyage entre les deux mondes, comme Charon tout droit sorti des enfers. Les marbres et les crânes sculptés me font tourner la tête. L'entrée est payante mais il passe tout droit et personne ne l'arrête. J'ai l'impression que le monde est complice de cette affaire orchestrée par je ne sais qui, peut-être par mon père lui-même. L'homme serre ma main dans la sienne, forte et rugueuse, et m'entraîne avec lui sous terre.

Les hautes marches d'un escalier creusé dans le sol de l'église conduisent à une grande salle dépouillée. Le long des parois latérales, de petites niches sont ornées d'ossements. L'église souterraine se distingue de l'autre, plus fastueuse, au-dessus de nos têtes. La pierre est nue. Les Napolitains vouent un culte aux *anime pezzentelle*, ces pauvres âmes seules et sans sépulture qui supplient qu'on les délivre du purgatoire. Ils adoptent un crâne et prient pour la paix de son esprit en échange d'un miracle.

La première fois que je suis descendue dans les catacombes, c'était avec ma grand-mère. À Naples, les adultes parlent de la mort aux enfants comme d'une chose naturelle et inévitable, c'est la vie qu'il faut craindre et non la mort :

— *T'ja' mettere appaura de' 'e vive, no de' 'e muorte.*

Enfant, j'écoutais les récits d'un désespoir quotidien. Le pain qui manque, la folie d'un mari jaloux qui tue sa femme au beau milieu de la Piazza San Gaetano, un enfant qui disparaît, comme Salvatore, la profonde solitude de la vieille femme qui vivait en face de chez nous, morte seule dans la misère, sans qu'aucun de ses fils ne lui vienne en aide. Je savais ce qu'était la fin avant même de grandir. Je l'avais appris grâce aux récits des vivants qui savaient tout des défunts, par je ne sais quelle nécromancie.

Ma grand-mère avait adopté un crâne dans l'ossuaire. Une fois par mois, le vendredi, je m'y rendais avec elle. Elle époussetait le petit autel, changeait l'eau des vases, ôtait les feuilles sèches et remplaçait les bouquets. Elle m'invitait à prier en silence, mais je n'obéissais pas. Je la voyais remuer les lèvres sans comprendre ce qu'elle disait. Je faisais semblant de dire une prière, un Notre Père, un Je vous salue Marie ou une quelconque litanie. Mais je ne trouvais pas les mots et restais muette de peur. Je fixais la tête de mort comme une petite sotte – ses mots à elle. Dans ce crâne fissuré avec ses dents vieilles de quatre cents ans qui tenaient encore, c'est la mort elle-même que je regardais. Je me demandais quel jeu étrange jouait la Faucheuse en mettant ainsi à nu ces corps dont on ne voyait plus que les os. Les formes, les couleurs et les odeurs disparaissaient. Chaque histoire réduite à une interminable rangée de crânes, d'humérus et de fémurs, de petits et de grands os.

J'ignore comment ma grand-mère avait choisi cette tête, pourquoi celle-ci et pas une autre. Elle prenait la *capuzella* entre ses mains et la caressait. J'aurais voulu lui demander pourquoi elle touchait ainsi ce crâne et nous, les vivants, jamais. Elle n'avait jamais de geste d'affection envers sa fille ou moi. Elle tenait le crâne comme une petite chose fragile qui pouvait se briser à tout moment. Elle contemplait les deux orbites. Deux trous. L'envie me prenait de rire, mais je me retenais. Je me disais que ma grand-mère avait beau me traiter de sotte, elle ne valait pas mieux à causer avec une tête vide. À la fin de sa prière ou de son soliloque avec la mort, elle faisait le signe de croix et baisait ses doigts dans un acte de sanctification, *ammèn*. J'étais dégoûtée de la voir embrasser ses doigts après avoir touché les ossements. Elle s'approchait ensuite de moi pour que je pose mes lèvres sur le crâne à mon tour, mais je refusais toujours.

Je cherche autour de moi cette vieille tête qu'avait adoptée ma grand-mère. L'homme me conduit plus loin, vers l'autel de Lucia, une jeune mariée morte peu de temps après ses noces. Elle porte encore son voile de mariée. C'est l'âme préférée des Napolitains. Je retombe en enfance. À l'époque déjà, je n'y croyais pas. Après tout, comment prouver qu'il s'agissait bien de la tête de Lucia ? Tous les crânes sont pareils, on ne distingue plus ni leur genre ni leur identité.

L'homme se tient juste derrière moi. Il pose ses mains sur mes hanches et s'approche pour susurrer quelque chose à mon oreille. J'ai peur et je repense à la nuit précédente. Je me persuade que c'était lui dans mon rêve, même s'il est chauve alors que dans mon mirage les cheveux de l'inconnu étaient épais et bouclés. Il appuie ses mains sur mon ventre et me parle comme s'il voulait faire pénétrer ses mots en moi. Avant de comprendre ce qu'il dit, je sens son souffle chaud m'effleurer le cou. Je manque de m'évanouir. Là, sous la terre, dans le purgatoire de cette ville peuplée d'autant de morts que de vivants, où les âmes remontent à la surface pour se laisser voir, je profane les lieux avec cet homme qui se presse contre mon dos. Toujours debout derrière moi, il prend ma main et la guide vers le crâne de Lucia. Sous le voile, je distingue quelque chose qui ressemble à une enveloppe blanche froissée. Il lâche ma main et je continue seule ma descente vers la mort. Je me rapproche du petit autel et je soulève le voile de mariée. Ce n'est pas une enveloppe mais un mouchoir de lin ou de coton brodé.

Je me retourne vers l'homme, mais il a disparu. La salle est vide. Je me retrouve seule avec les squelettes bien rangés dans leurs niches. L'odeur des bougies m'enveloppe malgré l'humidité étrange. J'ai toujours pensé que la mer ne baignait pas Naples mais qu'elle l'habitait, qu'elle jaillissait de ses entrailles et la soulevait par le fond.

La lettre A est brodée sur le tissu. Dans les plis, je sens quelque chose de dur. Je le tâte comme une pochette surprise pour tenter de comprendre ce qu'il contient. À l'intérieur, je découvre quelques grains de riz. Alors je pense à la jeune mariée quittant l'église, des années plus tôt, sous les applaudissements joyeux de la foule et les poignées de grains d'espoir. En approchant le mouchoir, je constate que ce ne sont pas des grains de riz mais des dents. De toutes petites dents de lait, collées les unes contre les autres dans le mouchoir de lin. Elles portent les stries jaunâtres de leur ancienne vie.

Un haut-le-cœur me saisit. Je serre le mouchoir dans un poing et porte mon autre main à la bouche. Je me précipite hors de l'ossuaire en gravissant les marches quatre à quatre. Je sors dans la rue et j'emprunte une ruelle de traverse. Mon estomac se soulève. Je m'appuie contre un mur et le contenu de mon ventre se déverse sur les pavés.

Une femme, avec ses sacs de courses et sa gamine suspendue au bras, me jette un regard plein de dégoût. Elle couvre les yeux de sa fille pour l'empêcher d'assister à ce spectacle désolant. Je l'entends dire :

– *Ma vedite 'nu poco che scuòrno.* Une femme de son âge, réduite à ça…

– Maman, qu'est-ce qu'elle tient dans sa main, la dame ?

– *E chi 'o ssape…* Dieu sait ce qu'elle a pu prendre ou boire !

Je m'essuie la bouche du revers de la main et je les vois disparaître à contre-jour dans la ruelle. Ces ombres sont-elles seulement réelles ? Ces âmes errantes sont peut-être revenues des profondeurs de la terre pour tourmenter les vivants, pour les mettre en face d'eux-mêmes.

Quelle honte, *che scuòrno.*

Je ne peux pas rendre visite à ma mère dans cet état. Je dois rentrer à l'hôtel, prendre une douche, souffler un peu. J'ai les jambes coupées, le corps parcouru de frissons malgré la chaleur infernale et puante des rues. J'ai averti ma mère de mon retard en lui passant un coup de fil rapide, une seule phrase, *ma' nun vengo mò, passo chiù tarde.*

Une demande tacite de trêve. Je sais que ce n'est que le début. Elle ne me le pardonnera pas, elle ne lâchera pas l'affaire si facilement. Elle aime me voir m'acharner.

En me glissant à travers la foule, une photographie de moi enfant me revient à l'esprit. C'est carnaval et je suis la Fée bleue, encore une fête que je passe à la maison à cause de mes bronchites asthmatiques. Je suis devant un miroir ovale, ma main droite sur mon menton, les yeux rivés sur mon reflet. On m'a prise de dos, j'apparais en double. Un de mes oncles avait capturé l'instant. Nous ne le voyions pas souvent. La photographie le passionnait et il sortait son appareil à chacune de nos rencontres. Ma mère voulait garder un souvenir de ce déguisement. La robe lui avait coûté cher, je devais la porter, même si je ne sortais pas pour participer à la fête.

Ma mère ne le sait pas, mais je tombais malade pour l'obliger à rester à la maison avec moi, pour qu'elle me serve les repas au lit. Une tranche de viande rouge bien saignante.

Elle était différente dans ces moments-là, elle m'apportait une assiette et s'asseyait près de mon lit. Elle me nourrissait comme une pauvre petite chose et, lorsque j'avais fini mon morceau de viande, elle trempait des bouts de pain dans le jus sanguinolant et me les portait à la bouche. La simplicité de ce geste – la mie entre ses doigts qu'elle portait à mes lèvres – me renvoyait à quelque chose d'ancien. Héritage familial, survie de l'espèce, un acte plus instinctif qu'affectif. Ce rituel ne s'accompagnait pas de mots bienveillants ou d'encouragements. Les mouvements mécaniques répondaient à un devoir animal, celui d'une mère qui nourrit ses petits avant de les pousser du nid. Ma mère me nourrissait dans le seul but de me remettre sur pied pour me renvoyer à l'école et retourner à son quotidien effréné, entre travail et fugues. Elle n'aspirait qu'à se retrouver, encore plus inaccessible qu'avant. Quant à moi, j'obéissais sans broncher. Avec la mie de pain, je dérobais des regards et la douceur amère de cette proximité imposée. Elle ne s'en rendait pas compte, mais je la dévalisais. Je lui arrachais des mains cette tendresse que je convoitais avec un désir encore plus grand que celui d'un affamé pour son pain, je m'emparais de ces bribes d'attention et de gentillesse. Avec la mie, c'était elle aussi que je dévorais. Je m'attardais sur ses doigts qui me tendaient du pain pour m'accrocher à elle, même un instant. Je pouvais enfin la contempler de près, ses yeux, ses cils courts, ses mains rudes et osseuses, aussi noueuses que les branches d'un arbre. Quand j'avais fini mon assiette, elle me débarbouillait et me tendait un verre d'eau avant de se retirer. Je m'abandonnais alors sur mon oreiller, repue de nourriture et de bribes d'amour. Le sourire aux lèvres, mesquine mais heureuse d'être parvenue à lui dérober ces quelques miettes. Je me remettais sous mes couvertures et je profitais de passer la journée au calme à la maison, sans disputes ni explosions de colère. Ma mère sortait faire des courses et je restais seule devant la télévision allumée, envoûtée par la musique du message publicitaire diffusé par la RAI entre les programmes, celui des cartes postales avec les villes italiennes. J'entendais de nouvelles notes, un monde inconnu de culture et de mélancolie, des univers sonores qui m'emportaient très loin. Je me levais lentement de mon lit, je m'asseyais devant ma commode et je faisais semblant de jouer sur un piano invisible.

La nourriture remplit le ventre et maintient en vie. Elle compte plus que tout. Plus que les mots, les regards et même les âmes, plus que n'importe quelle douceur.

Arrivée à l'hôtel, j'essaie d'esquiver le concierge qui me rattrape devant l'ascenseur.

— Bonjour ! Il fait chaud aujourd'hui, n'est-ce pas ?

— Oui, en effet.

— Et maintenant, vous...

Il continue à parler, mais je m'enferme dans la cabine et j'appuie sur le bouton du cinquième. Nous échangeons un long regard à travers les portes vitrées, moi montant dans les étages, lui dans le hall du rez-de-chaussée. Il dit quelque chose sans me lâcher des yeux, je vois sa bouche remuer mais je n'entends rien. Il m'insulte, je le lis clairement sur ses lèvres et il le sait. Il n'a pas tort. J'ai été grossière.

Je me réfugie dans la chambre. En refermant la porte, je me réapproprie ce silence qu'on peut trouver dans certains appartements du centre de Naples. Même dans les rues animées et bruyantes, les intérieurs sont silencieux, égarés au milieu de courettes et de jardins suspendus insoupçonnables. La chambre ressemble à l'appartement où je suis née et où j'ai grandi. Les étages supérieurs ont été bâtis dans les années 1950 sur les fondations d'un immeuble du XVIIIe siècle. Un béton mêlé de gravats provenant d'ailleurs. Il n'y avait pas de radiateurs et les murs étaient mal isolés, nous avions toujours froid. Nous étions destinés à mener une existence inconfortable, comme des pierres assemblées au hasard, sans jamais connaître l'insouciance ou le calme. L'agitation, les querelles, les peurs et la violence faisaient rage. Je repense à ces photos jaunies entassées au fond d'un tiroir. On nous avait placés là comme des petits fantoches. Mon père avec ses cheveux épais, ses favoris et ses grosses lunettes noires. Ma mère avec son bandeau bleu dans les cheveux. Attilio et moi, dans nos habits trop grands offerts par des cousins ou des amis de la famille. Nos pulls étaient trop larges autour du cou et pendaient toujours d'un côté. Dans leur quotidien pénible, les petits fantoches vivaient leur vie à tâtons pour s'assurer d'avoir toujours une place, ils n'osaient jamais penser à la joie. Pour eux, la vie n'était que douleur, fatigue et malheur.

J'y ai longtemps cru. Je vivais avec un poids sur le cœur, une pointe de couteau menaçant de me poignarder à chaque pas, quelque chose qui m'oppressait et me faisait trébucher. J'ai vu rouiller les vis qui me maintenaient debout. J'ai eu besoin de me pincer la peau pour me convaincre que oui, j'étais bien là, je ne dormais pas d'un sommeil éternel, j'étais en vie. Dix ans plus tôt, je passais pourtant des nuits entières éveillée. Je regardais à l'horloge le temps s'écouler inexorablement, sa corde à mon cou. Sa prise était devenue mortelle quand j'ai recommencé à écrire.

Avec les dents, on ronge de la viande jusqu'à l'os et on décapsule des bouteilles. Avec les dents, on mordille la peau tendre d'une nuque et on joue avec les pieds d'un enfant. Mordre la vie à pleines dents, c'est un devoir moral, une fatalité. Impossible de laisser s'écouler l'existence comme l'eau d'une fontaine, il faut savourer chaque instant.

Les dents que j'ai trouvées près du crâne de Lucia sont petites, ce sont celles d'une gamine. Elles racontent un passage, une enfance. Je crois que les dents de lait tombent vers l'âge de six ans. Pourquoi ne garde-t-on pas le souvenir de ces transformations de notre corps qui nous poussent brutalement vers la maturité ? Pour quelle raison laisse-t-on les adultes autour de nous recueillir ces petites graines d'os qui tombent pour laisser place aux plus grandes, celles avec lesquelles nous devrons mener bataille jusqu'à notre mort ? Les enfants sont d'étranges créatures, débordant d'abandon et de leur incapacité à exister seuls. Quand le corps commence à se défaire de certains morceaux, il lance des signaux d'évolution. Comme les premières règles. On dépend toujours d'un adulte quand on apprend à s'occuper de soi, ou même d'un autre. Je me demande si ces dents sont tombées naturellement ou si elles ont été arrachées. Qui a bien pu les mettre là, et pourquoi ?

Je prépare du café et j'allume une cigarette.

Après ces deux derniers jours de confusion, je suis encore plus égarée. Quand j'ai quitté Naples pour de bon, amoureuse et pleine d'espoir, je pensais que personne ne pourrait plus m'atteindre. Personne ne pourrait plus me frapper, m'humilier, me salir. J'étais enfin devenue moi-même et j'étais libre de prendre un train ou un avion pour me rendre n'importe où. Ils ne me retrouveraient jamais et s'ils y parvenaient, alors je fuirais encore plus loin, là où leur paresse ne leur permettrait pas d'aller.

Je prends une douche rapide, je glisse le mouchoir avec son A brodé dans mon sac à main et je sors. Le soir tombe, le bleu du ciel vire au violet par endroits. Tout s'estompe, les contours des immeubles, les visages des gens dans la rue. Je retrouve déjà les anciennes habitudes dans les ruelles étroites et sur les pavés glissants. Je marche sous les arches du XIVe siècle de la Via dei Tribunali. Les magasins se succèdent et des odeurs de poisson émanent des bennes à ordures. De grands étals garnis de fruits et de légumes, partout des voix et des couleurs. Pardessus tout, c'est le rugissement persistant des scooters qui fait exister cette ville.

Arrivée en bas de l'immeuble, je sonne à l'interphone. Ma mère répond avec désinvolture, l'air de dire *t'avais pas dit que tu viendrais pas ?*

Je grimpe les escaliers à toute vitesse, je me sens forte et agile, mes jambes courent sur les marches trop hautes et inégales. Je m'arrête un instant sur le large palier où je prenais le soleil avec Ada. De là, les ruines du théâtre de Néron sont bien visibles. Nous nous amusions à imaginer des scènes avec des acteurs et les tribunes pleines de gens venus pour écouter.

Ada apparaît un instant avec son sourire et ses belles cuisses nues sous sa jupe. Elle était si belle, Ada. Avant de la quitter sur le palier, je dis à voix haute : *ce verimmo aroppe*, à tout à l'heure.

Ma mère a laissé la porte entrouverte. Elle se tient debout au milieu de la cuisine, sans bouger. Elle m'observe, hébétée. Elle semble égarée dans un recoin de sa mémoire, elle aussi. Une ombre traverse son regard. La scène est irréelle, j'ai presque envie de rire. Je ne saurais dire si c'est elle ou plutôt un mirage. Elle paraît petite et sans défense avec ses pantoufles usées qui s'effilochent, ses cheveux gras et ses bras qui pendent le long de son corps.

— Maman, ça va ? *Nun te siente bòna?*

Pas un mot ne sort de sa bouche. Son regard reste suspendu dans le vide, vers quelque chose qu'elle est seule à voir. Elle est perdue très loin. Je pose mes mains sur ses épaules et je la secoue doucement.

Elle revient à elle et me dévisage.

— Mais qu'est-ce qui t'arrive, maman ? Assieds-toi un moment. Bois un peu d'eau.

Muette, elle se laisse guider. Elle ne se ressemble plus, ce n'est plus la femme vive et franche que je connais. Elle retrouve lentement la force de parler.

— *Anna, addo' sì gghiuta oggi?*

— Mais pourquoi tu veux savoir où je suis allée ?

— *Sì gghiuta dint 'a chiesa? Dimmello, Anna!*

— Oui, je suis entrée dans l'église. Où est le problème ?

Elle allonge la main sur la table. Je comprends qu'elle me demande quelque chose. J'obéis. Je lui tends le mouchoir brodé et les petites dents d'enfant qu'il contient.

— Qu'est-ce que c'est ?

Elle glisse son doigt sur la broderie. Comme hypnotisée, elle contemple le mouchoir, elle l'approche de son nez et le renifle.

Je lui explique que je l'ai trouvé près du crâne de Lucia, pour lui suggérer de ne pas trop approcher son visage de la mort. Mais elle ne m'entend pas, ou peut-être de très loin. Je vois ses mains, ses veines bleuâtres et dilatées, ses ongles abîmés. Mon regard glisse le long de sa robe décolorée, je remarque une petite déchirure à la hauteur d'un sein. Son visage, ses rides autour des yeux, gonflés et tristes. De chaque côté du nez deux rides fines descendent jusqu'à sa bouche. Je lis dans ses traits un mécontentement nouveau. Face à moi, ma mère est comme nue. Elle remue les lèvres en prononçant des mots incompréhensibles. Je frôle son dos entre les omoplates, en m'attendant presque à y trouver des ailes encore repliées. Mais il n'y a rien. Seules les pointes saillantes de ses vertèbres. J'ai l'impression qu'elle a beaucoup maigri. Je ne m'en suis pas rendu compte l'autre jour. Je n'ai pas vu que son corps se consumait.

— *Anna, 'o ssaje 'e chi so' 'sti diente?*

— Non, je ne sais pas. À qui sont ces dents ?

— *Ah. Nun 'o ssaje?*

— Mais pourquoi le saurais-je ?

— Ces dents sont à Salvatore, *poveru piccerillo*… Le petit qu'ils ont retrouvé mort à Posillipo.

Les dents de Salvatore, arrachées. L'idée qu'on ait pu commettre une telle horreur me révulse.

— Ses dents de lait, il a dû les perdre en grandissant. *Poveru criaturo*… quelle fin terrible !

— Mais qu'est-ce que ses dents faisaient dans la chapelle? Qui les a mises là?

— Ses parents, sans doute, avant de quitter Naples. Un ex-voto pour l'âme innocente du pauvre petit… *Quel criaturo morto così, senza tene' manco 'o tiempo di capire la vita.*

— Et qu'est-ce que j'en fais, moi, maintenant?

— Anna, il se passe des choses bizarres. Ton père est parti parce qu'il sait comment le petit est mort. C'est peut-être même sa faute. J'ai peut-être vécu toutes ces années avec un monstre, un assassin… *Nu zuzzùso c'accide 'e criature!*

— Maman, c'est de la folie. Comment peux-tu croire une chose pareille?

— *Pecché nun te l'arricuorde, no, chello ca me faceva passa'?* Il s'emportait toujours à cause de ses jalousies, ses idées fixes, ses trahisons. Ses manies… Alors ça, Anna, rien de pire chez un homme! *Niente 'e peggio ca sta' cu' n'omme chiuso comme a ' nu mulo…* Rien de pire qu'un homme têtu comme une mule, qui t'ignore et qui t'assassine du regard dès qu'il te voit rire parce qu'il trouve ça louche.

— Mais quel rapport, maman? De là à croire que papa soit capable de commettre un tel acte, je t'en prie!

Nous parlons à voix basse comme si nous craignions d'être entendues, peut-être à raison. J'ai toujours pensé que l'immeuble était habité par des esprits, les fantômes des acteurs du théâtre antique se moquant de notre misère et de nos peines.

— Et moi, alors? Qu'est-ce que je fais maintenant? Maman, tu m'entends?

— Rien. Tu dois garder le mouchoir et les dents.

— Mais pourquoi ?

— *Pecché sì, e basta mò*. C'est comme ça. Prends-en soin, et surtout ne le perds pas. *Guarda qua*…

Elle pointe du doigt le A brodé sur le mouchoir. Je comprends que je serai gardienne de la mort de l'enfant.

C'est ainsi que je me souviens d'Ada, dans les seize ans, débordante de créativité, ses lèvres et ses yeux pleins de vie, ses belles cuisses nues sous sa jupe de coton. Ada avait du courage, un courage qui lui venait de son amour, de son désir, de ses mains capables de cueillir le plaisir. Elle avait tant de visages à la fois. Elle était la sœur que je n'avais jamais eue, ma compagne des longs après-midis d'été, mon éducatrice en matière de sexe et de féminité. Mais avec le temps, elle était devenue morose. Je la voyais de moins en moins. Elle ne sortait plus depuis que sa relation avec Giovanni avait été révélée au grand jour. Le son de la radio diminuait, l'image d'Ada qui entonnait joyeusement les chansons de Mina et de Patty Pravo pâlissait et l'idée que je me faisais d'elle s'estompait. Une colère liée à l'abandon et à la douleur de l'avoir perdue enflait en moi. Je me rendais compte du poids immense des mots, de leur pouvoir dans nos vies, des mondes qu'ils sont capables de créer et de détruire.

Le 13 août 1985, j'ai attendu tout l'après-midi. Je traînais sur le palier du troisième étage, impatiente de m'allonger au soleil avec elle, comme à notre habitude, pour connaître ses nouvelles aventures avec Giovanni. Elle n'est jamais venue.

Une flamme me brûlait le ventre. La trahison me coupait le souffle. Je suis montée au quatrième étage et j'ai sonné à leur porte. La Signora Carmela n'était pas là. Le petit Salvatore m'a ouvert. À l'époque, il devait avoir cinq ans. Il ignorait où se trouvait Ada. J'ai demandé si je pouvais entrer, s'il était d'accord de me tenir un peu compagnie, s'il voulait bien qu'on joue ensemble. Je suis vite retournée à la maison pour prendre mes poupées et sur le palier du troisième étage, nous avons commencé à créer ces mondes imaginaires que les enfants sont capables de faire surgir du néant en quelques secondes.

– Tu vois cette poupée ? C'est Ada. Chaque soir, vers sept heures, au lieu de se rendre à la messe, elle se cache dans une chambre magique.

– C'est quoi comme chambre ?

– Une chambre tout près d'ici.

– Où ça ?

– Tu vois un peu Giovanni, celui qui vend des fruits ? Eh bien, la chambre est chez lui.

– Et il se passe quoi dans cette chambre ?

– Rien.

– Comment ça, rien ? Mais alors, pourquoi elle est magique ?

– T'es encore un gamin, tu peux pas comprendre.

– Non, maintenant tu dois me le dire, sinon j'arrête de jouer !

– Dans cette chambre, il y a des gens qui enlèvent leurs habits et qui se touchent. Ils s'embrassent et ils font l'amour.

– Mais c'est quoi ?

– C'est une chose que font les grands pour avoir des enfants.

– Ada et Giovanni ?

– Oui, Ada et Giovanni.

— Et c'est une chose qu'on peut faire ?

— Non, Salvatore. Pas quand on n'est pas mari et femme. Bon, mais toi, maintenant que je t'ai raconté tout ça, tu dois promettre de jamais le répéter à personne, c'est compris ?

— Je te crois pas.

— C'est la vérité.

— Non, je te crois pas. T'es rien qu'une conne !

— Je te dis que c'est la vérité, sale morveux. Tu vois, j'avais raison quand j'ai dit que tu peux pas comprendre.

— Si c'est vrai, alors prouve-le !

J'aurais pu lui dire que non, rien n'était vrai. J'aurais pu faire demi-tour, il en était encore temps.

Nous sommes sortis dans la chaleur du mois d'août pour nous rendre dans la petite ruelle derrière la boutique de Giovanni. Dans la cour du bâtiment, nous nous sommes glissés entre la porte de l'arrière-boutique et la vieille remise barrée par des planches. La cachette était invisible. J'étais déjà venue là une fois, pour voir à quoi ressemblait cet amour dont Ada me parlait pendant des heures. J'avais suivi ses instructions à la lettre. J'étais entrée dans l'immeuble. Sur la droite, la loge du concierge fermée depuis des années et plus loin, sur la gauche, l'escalier. Il fallait tourner tout de suite à droite et se glisser dans une espèce de renfoncement. Je conduisais Salvatore avec assurance.

Un interstice dans la porte fendillée de l'arrière-boutique permettait de voir au travers. J'ai regardé la première et je les ai vus. Ada était assise sur la grande table, la poitrine soulevée, les cuisses ouvertes. Lui se tenait face à elle, il était nu et se déplaçait contre son corps avec des mouvements réguliers.

Ils s'embrassaient en se regardant droit dans les yeux. Je ressentais comme une pression entre les jambes, une émotion étrange et nouvelle. Salvatore me tirait par le bras, il enfonçait ses ongles dans ma peau et me priait de le laisser regarder à son tour.

J'aurais pu crier pour qu'ils remarquent notre présence et qu'ils se rhabillent avant que Salvatore ne les découvre. Mais je ne l'ai pas fait.

Je me suis écartée lentement, lui faisant signe de ne pas faire de bruit. Je lui ai cédé ma place au judas qui donnait à voir les malheurs des autres, des malheurs que nous étions sur le point de provoquer.

Salvatore a regardé par la fente. Je l'ai observé tandis qu'il écrasait son visage contre la porte pour comprendre ce que faisaient les deux corps imbriqués. J'ai vu ses petites mains ouvertes qui se pressaient contre le bois, les gouttes de sueur qui ruisselaient sur son front et ses cheveux mouillés sur ses tempes. L'irréparable était en train de se produire, je le savais.

Personne ne faisait attention aux pauvres gamins égarés du quartier que nous étions. Personne ne répondait à nos questions, alors nous tentions d'y répondre par nous-mêmes. Personne n'était là pour nous préserver des images inappropriées qui empoisonnaient notre imagination et nos rêves. Nous étions de petites bêtes esseulées qui ne savaient rien de la vie.

Au bout d'un moment, Salvatore s'est écarté de la fente et il a planté ses yeux dans les miens. J'y ai vu une lumière perçante provenant d'un monde violé mais lucide qui me pénétrait sans pitié. Il s'est éloigné en traînant les pieds, sans dire un mot, avant de disparaître au coin de la rue.

Moi aussi, je suis partie. Il n'y avait plus rien à voir et de toute façon, je m'en moquais. Ada ne passerait plus ses après-midis avec moi, jamais je ne pourrais lui offrir ce que Giovanni lui donnait. Maintenant que je les avais vus, j'en étais convaincue.

Amie, c'est un mot granuleux et salé. Je le sentais dans ma bouche. Avant de m'éloigner, j'ai marmonné entre mes dents, *je ne t'adresserai plus jamais la parole. Plus jamais. Je le jure sur Dieu*. Je l'ai dit dans un souffle de voix, comme si j'espérais que mes mots s'enfilent par la fente de la porte et parviennent à son oreille, tel un enchantement qui l'aurait sauvée. Dans les semaines qui ont suivi, j'ai eu l'impression qu'elle avait fait cette promesse la première. Elle m'avait devancée, comme pour tout le reste.

La rumeur était sur toutes les lèvres. Ada n'était plus qu'un spectre. Je l'apercevais parfois à travers les rideaux de leur cuisine. Ma dernière image d'elle : son corps étendu, disloqué sur les pavés de la cour.

Cinq années de plus se sont écoulées avant la dernière visite de Salvatore, cette fameuse nuit où il a voulu téléphoner à sa grand-mère parce que ses parents s'étripaient dans l'appartement du dessous. Après ça, quelqu'un l'a enlevé et assassiné.

Dans mes mains, le mouchoir de lin brodé et les dents de lait. Je les regarde et j'essaie de m'imaginer Salvatore en train de rire, comme quand il se promenait au bras de sa sœur qu'il adorait. Elle me disait toujours que le petit méritait mieux et qu'il ne trouverait jamais la paix chez eux. Elle voulait le protéger. Et moi ? Quel rôle avais-je joué dans tout ça ?

Je me revois maintenant, comme l'ombre de moi-même, gamine échevelée et solitaire, capable de gâcher la seule belle chose que j'avais dans ma vie. Personne ne m'avait dit que quand on aime, on doit savoir laisser l'autre partir. Personne ne m'avait dit qu'aucune attache ni aucune chaîne ne rend heureux.

Mon oncle m'emmenait parfois dans la cave. C'est ainsi que je nommais l'endroit à cause de l'humidité et de l'odeur de renfermé. Il m'y emmenait une fois sur deux et quand je n'y allais pas, mon frère Attilio l'accompagnait. La pièce étroite était creusée dans le tuf au fond d'une ruelle qui puait la moisissure et l'urine. Il nous emmenait là lorsque ma mère lui demandait une faveur, quand elle devait se rendre quelque part où nous, les enfants, n'étions pas admis. Alors mon oncle nous faisait voir certaines choses.

On entrait là par une porte en bois qui ressemblait aux barques oubliées sur la plage. La peinture avait presque disparu, il n'en restait que des traces verdâtres effacées par le soleil. Dans cette cave, mon oncle fabriquait des sacs à main. Il découpait des bandes de cuir, prenait des mesures avec une longue règle en bois et tirait des lignes au crayon, avec la cigarette allumée entre ses lèvres. Il la laissait se consumer au coin de sa bouche. Quand il la reposait sur l'établi, je voyais ses doigts fins et ses ongles trop longs qui me dégoûtaient. Il travaillait toujours en silence. Je respirais la fumée et j'en étais écœurée au point d'avoir envie de vomir.

Une fois, il avait dû s'absenter pour rencontrer un client. Il m'avait dit de ne toucher à rien et de ne pas bouger, sinon il aurait tout raconté à ma mère :

– *M'arraccumanno, nun fa' niente, statte ccà si no po' chi 'a sente a màmmeta.*

Il était sorti en refermant la porte derrière lui.

Sa clientèle ne se composait que de femmes, toujours différentes. Elles l'accompagnaient derrière le rideau qui séparait son atelier des toilettes et je les entendais parler tout bas. Elles lui apportaient des morceaux de cuir et ils discutaient du prix.

Cette fois, la rencontre avait lieu ailleurs et il m'avait laissée seule. En attendant son retour, j'ai reniflé la colle qu'il utilisait pour souder les coutures. J'ai passé mon doigt sur l'établi et la plaque de métal couverte des griffures du couteau que mon oncle utilisait pour découper le cuir. La fenêtre entrouverte au-dessus de la porte d'entrée laissait passer un peu de lumière. J'ai tendu le bras pour effleurer la poussière impalpable qui flottait dans le faisceau. Sur une étagère en hauteur, il y avait un cageot de fruits. J'avais faim. J'ai grimpé sur l'établi pour le saisir. J'espérais y trouver une pomme. À l'intérieur, un magazine dont la couverture montrait une femme nue, les cuisses ouvertes. Je l'ai pris dans mes mains. Mes ongles de petite fille étaient recouverts d'un vernis écaillé. J'aimais bien, de temps en temps, me peindre les ongles en rouge, même si je ne le faisais pas très bien. Les bords étaient irréguliers, le rouge débordait sur la peau au bout des doigts. Avec ces mêmes doigts, j'ai commencé à feuilleter le magazine et j'ai découvert des choses insoupçonnées. Des corps qui entraient les uns dans les autres. Je n'imaginais même pas avoir à l'intérieur des trous qui soient comme des espaces à remplir.

Mon oncle a soudain ouvert la porte et il m'a vue avec le journal dans les mains. J'étais assise sur l'établi, avec ma jupe plissée et mes chaussettes blanches jusqu'aux genoux. Il a fermé la porte et s'est approché de moi. J'ai levé un bras devant mon visage car j'ai cru qu'il allait me gifler. Il ne l'a pas fait. Il a juste posé une main entre mes cuisses. Il l'a pressée tout entière sur mon sexe. Comme si c'était normal. Je sentais sa paume sur ma culotte d'enfant avec le petit dessin de Maya l'abeille. Ma tête tournait.

J'aurais voulu tout oublier, mais le jeu de mon oncle s'est répété. Et moi, plutôt que de me plaindre ou de l'en empêcher, je l'ai laissé faire, parce que le plaisir me semblait plus beau que sale. Avec le temps, j'ai compris. Alors j'ai nourri ma colère et ma rancune. Ada et Salvatore devaient sombrer avec moi, parce que la terre sous nos pieds s'était mise à trembler et qu'elle s'était déchirée. Le monde s'écroulerait et nous emporterait dans sa chute, d'un coup, sans crier gare. Les fissures dans le mur de chez nous étaient des plaies béantes.

Mon oncle ne nous emmenait jamais ensemble à la cave, Attilio et moi. Une fois, cependant, quelque chose avait dû se produire. Je jouais dans la cour à plonger mes poupées dans une bassine d'eau en prétendant que c'était la mer. J'ai vu Attilio sortir de l'atelier en trombe. Du sang lui coulait du nez. Mon oncle lui a couru après jusque sur le seuil de la porte. Sa lèvre était fendue. Attilio m'a lancé un drôle de regard. Mon oncle se tenait debout, sans chemise, le pantalon ouvert.

— *Si 'o faje nata vota t'accide 'e capite? T'accide, piezze 'e merda.*

Mon frère a hurlé avec une voix que je ne lui avais jamais entendue : *si tu fais ça encore une fois je te tue, c'est compris ? Je te tue, espèce de connard.* Une grosse voix étranglée de larmes et de toux. Il m'a tirée par le bras.

Dans l'escalier de notre immeuble, il m'a dit que je ne devais plus jamais laisser notre mère m'emmener là-bas.

– *Nun te fa' purtà cchiù la' 'a mamma' e' capito? Maje cchiù.*

J'ai hoché la tête en signe d'approbation.

Quand notre mère est rentrée à la maison, ce soir-là, et qu'elle nous a trouvés devant la porte, elle a baissé les yeux. J'ai vu les rides aux coins de sa bouche devenir plus nettes et ses joues se creuser. Elle a laissé tomber ses bras le long de son corps, comme quand tu comprends qu'une chose qui ne devait pas arriver s'est produite. De la déception, un mélange de douleur et de résignation. Elle nous a caressé les cheveux. Ce geste était si rare que mon frère et moi avons plissé les yeux un instant. Elle a ouvert la porte. Nous sommes entrés. Elle nous a préparé un bain chaud. Elle n'a pas dit un seul mot, et nous non plus.

Depuis ce jour, nous n'avons plus jamais pris de bain ensemble, mon frère et moi.

J'avais cinq ans.

Attilio en avait sept.

Je n'ai pas envie de rentrer. Le passé qui ressurgit me pousse à chercher de la compagnie. Je ne résiste plus au calvaire qu'est ce voyage. Je m'arrête sur la Piazza Bellini pour boire un verre. Dans la chaleur étouffante souffle un vent qui restaure le monde. J'étends mes jambes sur la chaise vide en face de moi. Le temps passe, le petit restaurant de la place se remplit de Napolitains et de touristes. Des musiciens montent une petite scène. Ils ont la trentaine, ils sont beaux. L'un d'entre eux en particulier, avec ses cheveux noirs frisés, attachés en chignon, sa barbe et ses boucles d'oreilles en argent. Avec leurs chemises blanches et leurs gilets noirs, ces cinq-là sortis de nulle part me rappellent le plaisir de désirer, d'avoir quelqu'un à ses côtés pour errer dans les rues ou passer la nuit. Je les regarde s'affairer avec la grâce de leur jeunesse. J'assiste au spectacle de leur installation, je les vois démêler des câbles et brancher des amplis, disposer des chaises sur la place. Ils saisissent les instruments dans leurs écrins comme des femmes. Ils les effleurent avec un chiffon. Une contrebasse, un violon, une mandoline, un accordéon, une guitare et quelques tambours, qu'on appelle ici *tammorre*.

Les gens se lèvent et se mettent à danser entre les tables. Quelqu'un prend soin de les pousser pour faire place aux corps en mouvement. Cet enchevêtrement de chairs qui ondulent est si touchant que je m'en émeus presque. Je suis transportée par ce mouvement joyeux, cette vision de couples jeunes et moins jeunes qui dansent, les yeux dans les yeux, laissant sous les guirlandes une traînée de sourires et de lumière. Les jupes fleuries des femmes en sandales à talons ou pieds nus tournoient autour d'elles et leurs cheveux flottent dans l'air. Les bras des hommes et des enfants s'entrelacent, le son mélancolique de la guitare et de la mandoline me prend par surprise. Je commande un deuxième verre de rouge. Le rythme d'une ballade soulève les corps, même les plus lourds. Je vois un couple âgé, ils doivent avoir au moins quatre-vingts ans. La femme porte des sandales bleues avec des talons compensés en liège de quelques centimètres, lui porte une chemise bleu clair à manches courtes. Un autre verre de rouge. En buvant, j'absorbe la langueur qui vibre dans mon ventre.

Le garçon aux boucles d'oreille en argent se met à chanter en jouant de la guitare. Il chante le temps qui passe et qui dévore tout. Alors je me lève à mon tour. Pourquoi ne m'invite-t-on pas à danser ? Seule, je ne sais pas comment m'y prendre. Je vois un couple avec un enfant. La mère tient son fils par la main et le père les enlace tous les deux. Ils dansent dans une seule et même étreinte. Moi, des enfants, je n'en ai pas eu. Ça m'aurait consolée dans un moment pareil. Savoir qu'il existe quelque part un être à qui je serais liée, sans trop d'effort, par le simple fait de l'avoir mis au monde. La vérité, c'est que je n'en ai jamais voulu. J'avais trop peur que le hasard me joue un mauvais tour, que les signes du milieu que j'ai fui ne germent dans ma progéniture.

Je suis un peu ivre. Pourtant, je trinque à cette vérité avec un autre verre. Les choses sont comme elles devraient être. Je me prends les pieds dans la longue jupe d'une femme. Elle se retourne brusquement et son sourire a disparu. Je m'excuse en riant. La foule, empreinte d'une mélancolie désincarnée, m'attire dans son tourbillon. Une marche, presque funèbre, une tornade de soupirs, de rires, de sueur et de couleurs. Chacun à sa manière, on enterre les petites choses oubliées, celles qu'on a mises de côté. Je me laisse entraîner dans le courant avec les autres.

Je tombe.

— Vous êtes blessée ?

— Non, non, ce n'est rien.

— Vous saignez. Il faut mettre un peu d'eau.

Le vieil homme et sa femme m'aident à me relever. Mon genou saigne. Je suis tombée comme une idiote et comme une idiote, je me mets à rire sans m'arrêter. Ils ne s'en indignent pas. Ils me conduisent à une table. L'homme court à l'intérieur. La femme ajuste mon décolleté qui s'est ouvert révélant mon soutien-gorge en dentelle. Ses doigts sont fins malgré ses mains larges. Le mari revient avec un chiffon humide. Je le pose sur mon genou en sang.

Le 23 novembre 1980 à 19 h 34, notre maison a commencé à trembler. Les meubles, les verres, la grande armoire de la chambre à coucher, les lampadaires et nous aussi, tout ce qui était vivant et tout ce qui ne l'était pas est entré dans une danse macabre, mêlée de cris, de fracas et de destruction.

J'enfilais mon pyjama. La télévision dans la chambre de mes parents diffusait les informations. C'était un dimanche. Nous avions passé la journée au bord de la mer à Mergellina. Ma mère disait que l'air de la mer nous permettrait d'affronter l'hiver sans bronchites. Nous étions heureux, à notre façon. Nous avions mangé des *taralli* au poivre et aux amandes. Papa et maman avaient même bu deux bières Peroni dans leur bouteille orange. Il y avait du monde malgré le froid de novembre. Nous marchions en respirant tout l'iode que la mer pouvait nous offrir, sans même nous en rendre compte. Nous étions allés jusqu'au Castel dell'Ovo. Nous avions franchi le pont et parcouru les rues étroites du Borgo Marinari. Là-bas, j'avais vu une famille dans la véranda d'un restaurant. La mère était très belle, une pince retenait ses cheveux en laissant retomber quelques mèches sur son visage. Elle portait un chemisier blanc et un cardigan rose sur les épaules. Le père riait en racontant quelque chose. Je ne distinguais que leurs gestes, je ne pouvais pas les entendre. Je regardais cette famille à travers la vitre de la véranda. Les enfants riaient eux aussi. Au bout d'un moment, le plus petit s'est blotti dans les bras de sa mère et il a glissé une main à l'intérieur de son chemisier. Elle n'a pas opposé de résistance. Moi, j'avais cinq ans et j'avais déjà subi une agression qui n'aurait jamais dû se produire. J'aurais voulu aller à leur rencontre et leur demander si je pouvais m'asseoir un moment avec eux, si je pouvais glisser ma main dans ce chemisier, juste un instant, me blottir contre cette épaule, comme le petit, sentir cette odeur de maman. Seulement, Attilio m'a tirée par le bras, *hé, t'es bête ou quoi, deux heures qu'on t'appelle, on doit y aller.*

Nous sommes rentrés en bus depuis la Piazza Plebiscito. Nous sommes arrivés à la maison vers six heures et ma mère s'est tout de suite mise aux fourneaux. Attilio a pris une douche avant d'enfiler son pyjama. Je l'ai imité.

Un grondement de pierre s'est soudain élevé. J'ai pensé qu'il s'agissait du poêle à gaz que nous avions l'habitude de tirer d'une pièce à l'autre. Il était très lourd sur ses roues en fer. Quand nous le poussions à travers l'appartement, il produisait un rugissement de tôle qui faisait vibrer le plancher.

À 19 h 34, notre monde a volé en éclats. Rien ne tenait plus en place. Les murs se fissuraient. Ma mère nous a tirés par le bras pour nous mettre à l'abri sous le cadre d'une porte. Une minute et demie interminable. La maison tanguait autour de nous, les portes des armoires s'ouvraient et leur contenu, les draps, les chemises et les pulls, se déversait sur le sol. Ma mère hurlait le nom de son père disparu des années plus tôt, comme si un mort pouvait nous venir en aide.

Nous n'étions plus que trois, ma mère, mon frère et moi. Durant cette minute et demie, mon père était sur une autre planète. Il s'était effondré, comme vide à l'intérieur, comme un corps d'argile. Ma mère hurlait, elle l'appelait par son nom. Il restait planté sur ses deux pieds et regardait la maison trembler et nous, sous le cadre de la porte. J'avais l'impression d'être au milieu d'une mer en pleine tempête. Nous sur un radeau, lui au milieu des flots. Nous voulions de le sauver, mais il ne savait plus nager.

Quand tout s'est arrêté, la poussière des murs flottait dans l'air et tout paraissait embrumé comme dans un rêve. De l'extérieur, des voix s'élevaient pour appeler des noms parmi les pleurs. Ma mère a mis des couvertures dans un sac. Elle nous a demandé brusquement de mettre nos chaussures et nos vestes. Le temps était comme suspendu. Je voyais mon père immobile, une bouteille dans la main, la même qu'avant le grand bruit. Le soir, il se préparait toujours une bouteille d'eau gazeuse qu'il déposait sur sa table de chevet.

Ma mère parlait en rafales. Elle énumérait les choses à prendre en courant dans tous les sens. Attilio et moi, nous nous tenions par la main et nous la regardions faire en pleurant. Elle a crié à mon père : *allez, tu te bouges ou quoi, qu'est-ce que tu fiches, réveille-toi, à la fin, mais réveille-toi !*

— *Uè, te vuo' movere? Che staje facenno? Scetete, uè, scétete!*

Mais mon père ne se réveillait pas. Il s'était changé en statue. Ma mère nous a tirés par le bras et nous a ordonné de descendre. Nous ne voulions pas sortir seuls et nous restions accrochés à sa taille, refusant de la quitter ne serait-ce qu'une seconde. Alors elle a giflé mon père pour l'extirper de son état de sidération sans fin. Dans ce geste résolu, j'ai vu tout le courage de ma mère et l'instinct de survie qui l'habitait. Ensuite, nous avons commencé à descendre avec les couvertures et les quelques affaires que nous avions réussi à récupérer. La porte de la maison ne se fermait plus, elle était sortie de ses gonds à cause du mur qui s'était affaissé. Les vautours pourraient nous voler le peu de choses que nous possédions. Durant les jours qui ont suivi, c'est arrivé à beaucoup de gens dans le quartier.

Nous nous sommes échappés. Cette nuit froide, nous l'avons passée dans notre voiture sur la Piazza Municipio avec une centaine d'autres personnes. Là-bas, le risque était moins grand qu'un immeuble s'effondre sur nos têtes.

Notre haleine à tous les quatre embuait les vitres de la Fiat 127 de mon père. Je traçais des dessins avec le doigt sur la vitre arrière. On ne m'avait rien dit, j'avais compris seule que cette catastrophe n'avait rien à voir avec notre poêle à gaz. Dans un souffle de voix, je me racontais des histoires pour expliquer pourquoi la terre tremblait et toute cette destruction. C'était la faute d'un énorme dinosaure qui avait traversé Naples en faisant trembler la terre au rythme de ses pas. Il avançait dans les rues entre les plus hauts immeubles. Il n'avait pas l'intention de tout faire s'écrouler, mais il était trop gros et en passant dans la Via dei Tribunali, il avait arraché des balcons et des toits, des vêtements étendus à sécher, des voitures et des scooters. Les lignes électriques et celles du téléphone avaient été coupées, nous étions plongés dans le noir et nous ne pouvions plus communiquer. Le monstre avait tout emporté sur son passage. Il s'était arrêté pour dormir mais il se réveillerait bientôt.

Et s'il était venu pour enlever les enfants qui avaient fait des bêtises ? Sur son ventre, il avait une poche de kangourou. C'est là qu'il gardait sa liste. J'étais sûre que mon nom y figurait. En brave petite soldate, j'étais prête à me sacrifier pour sauver tous les autres.

J'avais entendu dire que le dinosaure avait un nom.

Il s'appelait Séisme.

Nous avons dormi un mois entier à l'Ospedale degli Incurabili, l'hôpital des Incurables, dont seul le nom me faisait frémir. Un abri avait été mis sur pied pour les familles qui ne pouvaient pas rentrer chez elles à cause des dégâts ou des risques d'écroulement. De ces jours, je me souviens surtout du journal à la radio. Chaque fois que j'entendais le générique, j'avais des sueurs froides et mon estomac se nouait. Je m'attendais toujours à des nouvelles désastreuses. Par je ne sais quelle croyance enfantine, j'étais persuadée que le journal radio était comme un œil qui voit tout, jusque dans les maisons et les lieux les plus reculés. Je craignais que le nom du coupable de ce tremblement de terre ne soit révélé, qu'on déclare que j'étais responsable de ce désastre.

Je suis éveillée depuis cinq heures, mais je traîne encore. Les souvenirs du séisme se sont glissés sous mes draps avant les lueurs de l'aube. La chaleur est étouffante. Je n'ai pas encore reçu de nouvelles de mon père, malgré les sortilèges de ma tante qui prétend le sentir tout proche.

Je me demande où est passé ce père, fait de sable et de boue, qui s'effrite comme ses petits hommes d'argile. Et s'il était mort ? J'ignore où s'en va mourir un vieux père fatigué. J'ignore où se jette un homme qui s'enfuit.

On frappe à la porte.

— Qui est-ce ?

— Anna, c'est moi. C'est Sandra.

— Que se passe-t-il ?

— J'ai une lettre pour vous. Vous préférez peut-être que je la glisse sous la porte ?

— Oui, sous la porte ça vaut mieux. Je ne me sens pas très bien ce matin.

— Vous voulez du café ?

— Vous êtes une sainte, Sandra. Merci, vraiment.

— Alors je vous prépare ça avec un bon petit-déjeuner et je laisse le plateau derrière la porte. Je frapperai et vous ouvrirez quand vous le souhaiterez.

— Merci, Sandra, vous êtes mon ange gardien.

— Allez, n'exagérez pas ! À tout à l'heure.

Une petite enveloppe blanche surgit à mes pieds. Je me lève du lit en tirant derrière moi mon corps rouillé. La cuite de la veille m'a ravagée. Debout sur mes pieds, je retrouve la vue et constate que tout est sens dessus dessous dans la chambre. Les vêtements jonchent le sol. Une chaussure abandonnée sous la méridienne. Le chiffon couvert de sang sur la coiffeuse.

Ma langue est pâteuse. Je n'avais pas bu comme ça depuis des années. À la salle de bains, je me rince la bouche à l'eau froide, trois fois, puis je crache. Le goût ferreux me colle encore au palais.

Je transpire déjà. J'allume l'air conditionné. Mes mains tremblent.

Je saisis l'enveloppe couverte de taches. L'une d'entre elles pourrait être le timbre ou l'auréole marron d'une tasse de café. Je porte l'enveloppe à mon nez. Elle dégage une odeur d'humidité, comme le papier moisi des livres qui restent trop longtemps à la cave ou sur les étagères d'une bibliothèque. Des livres que personne ne laisse respirer, que personne ne lit.

J'enfile l'ongle de mon pouce sous le rabat pour ouvrir l'enveloppe. La bordure se déchire sous la pression de mon doigt. Mes mains sont tellement moites qu'elles laissent des traces sur le papier. Je les frotte contre ma chemise de nuit avant d'extraire la lettre.

« C'est comme ça. Le monde est souillé, il faut le changer. Sans quoi ce sera la fin et on sera toujours les mêmes. Sans révolution, l'espoir s'en va. Toi, tu ne veux pas comprendre. Mais si tu ne descends pas dans la pénombre, là où ça empeste, là où sont les pires souillures, alors tu ne trouveras jamais la solution et tu resteras toute ta vie dans ce monde de merde. T'aimes ça la merde,

toi ? T'aimes ça, oui ou non ? T'aimes te rouler dedans ? Non ? Alors pourquoi tu ne viens pas ? Pourquoi tu ne pars pas à ma recherche ? Descends. Faut pas avoir peur. Descends toujours plus bas. Il est temps… »

Si j'aime la merde ? Si j'aime me rouler dedans ? Mes souvenirs me hantent et l'auteur de ce deuxième message semble vouloir me le rappeler à tout prix.

Du fond de l'estomac et jusque dans ma gorge, ça remonte, ça m'échappe par le nez et les yeux. Une vague. Un raz-de-marée. À l'intérieur, mon âme se soulève comme la houle. Les plaques tectoniques de mon corps se superposent et provoquent un glissement. La terre d'où je viens est traversée de secousses, de ruptures et de conflits, de luttes corps à corps, de rage.

Je rembobine et revois tout le film. Moi, gamine, qui trottinais dans la cour. Moi qui aimais porter ma jupe bleue plissée et mes chaussettes blanches jusqu'aux genoux. Moi, têtue, qui rêvais toujours de ces ballerines rouges en cuir verni, à cause de leur talon qui claquait sous mes pieds. Moi, souvent seule, qui construisais de petites maisons de papier toutes biscornues, qui peignais des personnages tout en me racontant leurs vies, comment ils s'appelaient, ce qu'ils faisaient. Je découpais des fenêtres sur la page, je pliais la feuille de papier en deux et la maison apparaissait en quelques secondes. Moi, seule et effrayée. Moi qui sentais l'angoisse enfler au creux de mon ventre et qui me caressais pour chercher à me consoler dans un plaisir enivrant. Moi, petite fille souillée et curieuse. Une curiosité insatiable pour ce monde qui était ma croix et que je devais porter. Seule, je ne parvenais pas à expier ma faute.

Et ce message maintenant qui m'ordonne de continuer à creuser, à quarante ans passés. Dans le sable. Dans la terre. Dans la boue. Dans un puits sans fond où je ne trouverai rien, si ce n'est moi, allongée sur l'établi de mon oncle. Mais peut-être n'était-ce pas mon oncle? Impossible. Les pères ne font pas ça. Les filles font ça. Les filles commettent des fautes, elles se salissent. Les filles recherchent des caresses impudiques. Ada cherchait le vice, c'était elle qui était sale, moi j'étais la pauvre fille innocente qu'elle ensorcelait. Était-ce moi qui lui avais expliqué les choses du sexe? Étais-je responsable de l'incident dans l'arrière-boutique?

Un jour, j'avais dit à Salvatore de me suivre:

— *Viene cu' mme, te faccio vedé 'na bella cosa.*

Je l'avais conduit dans la cave que je savais ouverte et vide. Mon oncle était sorti. J'avais pris l'enfant par la main et je l'avais amené dans l'atelier éclairé par un faisceau de lumière provenant d'une petite fenêtre. J'avais tiré le verrou de la porte de bois vert écaillé. J'avais baissé ma culotte et j'avais dit:

— Regarde.

J'étais assise par terre avec les cuisses grandes ouvertes et lui se tenait tout près de moi. Il me regardait me caresser. Et moi, avec malice, j'avais pressé ma main sur son short.

— Ça te plaît?

Il n'avait pas répondu.

La lettre est encore entre mes mains. Sandra frappe à la porte.

— Le petit-déjeuner est prêt!

Je m'agenouille devant la cuvette et l'entoure de mes bras. Je vomis le vin de la nuit précédente. Ce flot de mots auquel je ne voulais plus penser et qui me revient. La sueur colle à mon front et à ma robe de chambre. Je tire la chasse d'eau plus d'une fois. Et puis j'absorbe tout, comme une chienne qui mange en cachette la gamelle qu'une bonne âme lui a offerte.

Sur le plateau, un café noir fumant. Je pose la tasse par terre et me blottis près d'elle. Je porte à ma bouche des morceaux de brioche saupoudrée de sucre glace et des larmes coulent sur mes joues. La douceur ronde du sucre sur ma langue me distrait et me remplit. Ma gorge se noue, un sanglot ancien jaillit. Le dos contre la porte, les jambes écartées, la brioche dans une main. Mon corps est saisi de soubresauts. Sandra pourrait m'entendre pleurer, elle pourrait se rendre compte que quelque chose ne va pas derrière la porte, que la femme-enfant s'est recroquevillée par terre. Sandra est gentille et discrète. Elle sait mais se tait. Elle me laisse expier ma faute en paix.

Je regarde la brioche dont j'ai déjà mangé la croûte dorée. Avec l'ongle, je creuse un sillon dans la mie et je porte des morceaux à ma bouche. Je regarde de plus près. J'approche la brioche de mon œil. Quelque chose de creux s'ouvre dans la pâte sucrée, comme une grotte. Je fixe le mur un instant. Une image de décombres fumants traverse mon esprit. Je revois le tuf jaune et les tunnels sans fin, un labyrinthe souterrain dans le cœur de la ville. Le monde d'en bas. C'est là que je dois me rendre.

Je trouve la force de me relever. Ma tête tourne, mais je devrais m'en sortir. Je me résous à une dernière tentative.

Mon père est né dans le quartier de la Sanità où se trouve le fameux cimetière Fontanelle. C'est là que les Napolitains marchandent avec la mort. Ils adoptent des crânes et prient pour les défunts enterrés dans les souterrains depuis le terrible épisode de peste qui a décimé la moitié de la ville au XVIIe siècle.

Mon père a grandi dans un clapier surpeuplé du quartier. Au fond de l'étroite ruelle, aucune lumière mais de la moisissure et quelques rats qu'on tuait à coups de balai. Après l'école primaire, il avait été engagé comme mécanicien dans un garage. Mais lui voulait travailler le bois. Tous les après-midi, il quittait le garage pour se rendre à l'atelier de Don Gaetano, un vieil ébéniste qui avait accepté de le prendre comme apprenti.

Un jour, le vieil homme, ému de le voir sans manteau, avait décidé de lui offrir celui de son fils, emporté par la tuberculose quelques mois plus tôt. Le manteau était trop grand d'au moins deux tailles et mon père nageait dedans, mais il était fier de sentir cette laine épaisse sur son dos. Et il aimait par-dessus tout les boutons en cuir tressé de petits losanges. De toute sa vie, mon père n'avait jamais possédé un tel vêtement.

Quand il est rentré chez lui ce soir-là, il avait ôté le manteau avant de franchir le seuil de la porte et avait fourré dans un sac en plastique. Tout le monde était déjà assis autour de la table et mangeait dans le même grand plat. Mon père s'était tout de suite dirigé vers la salle de bains. Il avait caché le sac derrière les canalisations. Personne ne faisait attention à lui. Mon père-enfant s'était ensuite glissé dans la mêlée et il avait tendu la cuillère qu'il gardait secrètement dans sa taie d'oreiller pour ramasser un peu de ce qui restait au fond du plat. Le matin suivant, son manteau avait disparu, il ne restait que le sac plastique. Son grand frère a brusquement surgi devant lui avec le manteau. Une bagarre a éclaté et mon père a certainement mordu la poussière. Pourtant, il est parvenu à arracher un bouton qu'il porte encore sur le trousseau de clés de la maison.

Je l'imagine passer de longs moments à regarder ce bouton comme un talisman contenant tous ses espoirs pour un avenir meilleur et un manteau que personne ne lui volerait. Mon père me racontait souvent cette vieille histoire, mais je n'ai jamais su comment elle s'est terminée, s'il a récupéré le manteau. Je le vois en larmes dans un coin, blessé et trahi, jetant des regards éperdus vers sa mère, puis vers son père, sans que personne n'intervienne. La seule chose qui comptait pour eux, c'était qu'un de leurs fils ait un bon manteau, peu importe lequel. Et qui sait ce qu'avait dit Don Gaetano, s'il s'était interposé pour remédier à cette injustice.

Dans son dernier message, mon père évoque à nouveau la pénombre et le monde d'en bas. L'idée me vient qu'il pourrait s'être caché parmi les morts. Au fond, il a toujours été plus mort que vivant. J'ignore combien d'autres histoires mes parents ont vécues. Il est difficile d'imaginer qu'eux aussi aient été des enfants. Maintenant que j'ai vu ma mère égarée et inquiète à cause de la fugue de mon père, je suis confuse. Elle qui a toujours été comme une bouée au large, la ligne d'horizon en pleine mer. Elle qui a trimé toute sa vie avec le poids de nos malheurs sur ses épaules. La seule chose que je n'ai jamais pu expliquer, c'est pourquoi elle a accepté notre destin d'enfants laissés pour compte avec une résignation aveugle. Attilio et moi, nous avons grandi comme des petites créatures en colère, bousculées par la vie, par le travail, par la famille. Nous sommes tous deux célibataires, sans enfants. Certains scénarios se répètent sans qu'on puisse s'en extraire.

Si mon père continue de m'écrire, peut-être attend-il de moi que je trouve une solution, peut-être me croit-il plus capable, plus intelligente et plus courageuse que les autres ? Si le péché ne m'avait pas autant marquée, peut-être aurais-je pu nous sauver ?

Je songe à l'après-midi qui m'attend.

Je sors de la douche et je m'habille. J'ai acheté une robe légère d'un vert scintillant. Elle m'arrive aux chevilles. J'attache mes cheveux et j'enfile mes sandales de cuir.

Je m'enfonce dans les ruelles bruyantes, entre les étals de poissons et de fruits de la Piazza dei Vergini. La chaleur se dissout dans un vent sec et agréable.

Quand j'étais petite, ma mère avait acheté une petite bague sur un étal du marché. C'était le mois de septembre, la fête de San Gennaro. La ville resplendissait de lumières et de guirlandes. Le miracle s'était accompli, le sang du saint avait coulé et j'avais dû, comme des centaines d'autres fidèles, embrasser le flacon abritant la relique. Ma mère avait remarqué mon émerveillement devant les bijoux de métal sertis de verre coloré et, portée par cet élan qui s'emparait parfois d'elle, elle m'avait demandé :

– *Quale vuo'?*

– Celle-ci, je l'aime bien.

– *Chistuccà?* Avec la pierre bleue ?

– Non, la verte.

– Alors prenons la verte.

Pour moi, cette bague était comme une promesse, l'espoir que ma mère ne change pas, qu'elle reste toujours aussi attentive, généreuse et dévouée.

Cette bague, je l'ai perdue peu de temps après, lors de nos premières baignades à Licola.

Je m'arrête devant le conservatoire de la Via San Pietro a Maiella.

— Allô, Attì ? Je crois que je sais où il est !

— Où ça ?

— Je ne peux pas te le dire tout de suite. Je dois m'y rendre seule.

En arrière-fond, j'entends le bruit des voitures et des gens qui parlent.

— Je suis désolé que tu affrontes ça toute seule.

— Attilio ?

— Ouais, quoi ?

— Merci.

— Pourquoi ?

— Pour la fois où tu m'as dit que je devais me protéger, que je devais dire non, que je ne devais pas laisser maman m'envoyer chez notre oncle... Attì ? Tu m'entends ?

— Mais qu'est-ce que t'inventes encore !

— Tu ne t'en souviens pas ?

— De quoi ?

— De la cave, de la fois où tu...

— *Anna, mò tengo che fa'*. Je dois te laisser. Appelle-moi si tu le retrouves. Je passerai le prendre.

— Allô ? Allô ? Attilio ?

Je fixe l'écran qui s'assombrit lentement, comme les paroles de mon frère à propos de notre passé. Un enfant me bouscule et manque de faire tomber mon téléphone. Je me retiens de lui crier dessus, il se retourne et s'excuse avant de reprendre sa course. Je le vois se noyer dans la foule, se glisser parmi les adultes, avec son t-shirt bleu et son short. Je le suis aussi loin que porte mon regard. Puis il s'évanouit pour n'être bientôt plus qu'un souvenir.

Mon frère ne le sait pas, mais je lui souris, pour lui dire adieu, puis je m'enfonce dans les ruelles à la recherche de mon père.

Je l'ai retrouvé au fond d'une grotte. Dans le quartier où il est né. Il est venu se cacher parmi les morts du cimetière de Fontanelle avec la complicité de son ami gardien, l'homme qui m'a transmis les deux messages et qui m'a conduite dans l'ossuaire de l'église de Via dei Tribunali où j'ai trouvé les dents de Salvatore.

J'avance dans la grotte et je le vois. Il est enveloppé d'une ombre étrange. En regardant mieux, je reconnais sa silhouette de dos. Il a vieilli en vingt ans. Ses cheveux gris sont courts et clairsemés au sommet de sa tête; il a l'air d'un moine. Je m'approche lentement, comme si je craignais de le réveiller, de le ramener à une réalité assez violente et dure pour nous tuer tous les deux sur le coup, juste parce qu'on l'aurait constatée et vécue. Je passe près de lui. Sa barbe est longue, mal taillée. Sur une petite table, je remarque les horribles petits bergers, les mêmes que j'avais réduits en poussière des années plus tôt. Il n'a jamais arrêté d'en fabriquer, avec le même entêtement et ce sentiment d'être un dieu capable d'engendrer de petits êtres dans un monde imaginaire meilleur que la réalité. Comme autrefois, il les a cousus sur une bande d'éponge avec un fil de coton. Ils sont nombreux et ressemblent à de petites fourmis déguisées en hommes.

Mon père se retourne lentement, à demi éclairé par la lampe de la petite table. Il me regarde droit dans les yeux.

Les siens me semblent faits de cire fondue. Ils sont comme dans mes souvenirs, tristes, depuis le séisme. En se déchirant, la terre avait emporté mon père et son mystère intérieur, sa fragilité, son enfance malheureuse. Les maisons qui se sont écroulées l'ont entraîné dans leur sillage, et avec lui tous ses secrets. Une aiguille hors de contrôle avait percé sa poitrine. Il s'était enfermé dans un silence menaçant et il pleurait parfois au bord de son lit. Il ne se rendait plus au travail. Nous étions désespérés. La situation avait poussé ma mère à trouver un emploi de femme de ménage.

Dans le regard humide et innocent de mon père, notre histoire m'apparaît désormais sous un autre angle. J'aurais voulu qu'on m'apprenne à enlacer, qu'on m'explique qu'avoir peur n'est pas un crime, que les épreuves sont surmontables quand on a quelqu'un sur qui s'appuyer. Mais ma mère et mon père ont dû grandir encore plus mal que moi. La confiance a toujours été synonyme de douleur et de risque. Être poignardé par les mots, les gestes, les attentes.

Dans cette grotte éclairée par la faible lumière d'une vieille lampe comme la caverne de Platon, j'assiste à une épiphanie, après une vie passée à croire aux ombres. Je n'ai jamais eu le courage ni l'humilité de chercher l'origine de ces ombres, les corps vivants, les mains jointes en prière, les regards éteints. Face à ce qui reste de mon père, ce vieil homme accablé, découragé de lui-même et de son ignorance, je me retiens de pleurer à genoux et de lui dire que je ne sais plus qui je suis, que je ne comprends plus le sens de l'existence. Tout ce que j'ai pu trouver à Naples ces derniers jours, ce sont les ruines d'idées qui ont un sens mais sont dépourvues de matière.

Au fond de cette grotte, mon âme est déchirée entre celle que je croyais être et celle que je suis vraiment.

— Qu'est-ce que tu fais là, papa ?

— *Anna, m'aje truvato.*

— Tu m'as dit que je devais chercher dans la pénombre, que je devais descendre. Ça fait des jours que je descends, papa, des années. Je ne fais que descendre.

Je m'assieds sur une caisse en bois près de lui. Je m'y abandonne comme un vieux vêtement, les jambes fatiguées et les bras tombant le long de mon corps.

— T'as l'air éreintée. *Vuo' 'nu poco d'acqua?*

— Non, je n'ai pas soif. Je veux seulement que tu rentres à la maison. Maman va mal, elle a perdu la tête, elle ne sort plus, elle ne se lave plus. Elle n'est plus la même. Rentre, papa. Tout peut se résoudre.

— Ah oui ? Et qui peut le dire ? La police ? Le quartier ? Je m'en fous.

Il me jette un coup d'œil rapide.

— Qu'est-ce que tu crois savoir, Anna ? Tu peux pas comprendre ce qui s'est passé.

— Alors explique-moi. Dis-moi tout, pour que je comprenne. Je ne suis pas magicienne, je ne peux pas lire dans tes pensées, tu t'en rends bien compte, non ? Quand j'étais petite, tu pleurais sans cesse. En voiture, quand tu décidais que tu en avais assez de rouler, tu t'arrêtais sur une aire d'autoroute et tu nous gardais en otage pendant des heures. Sais-tu seulement ce qu'on ressentait ? On crevait de trouille, tous les trois. Tu ne disais pas un mot, et soudain, au bout d'un moment, tu décidais de repartir. On acceptait sans comprendre, car tu ne nous disais jamais rien.

Je prononce ces mots sans reprendre mon souffle. Une douleur incontrôlable me tord les entrailles. Je gémis comme une gamine pleine de désespoir et d'abandon.

Il me regarde, désarçonné. Il prend sa tête entre ses mains et se replie en boule sur lui-même jusqu'à toucher ses genoux. D'un coup, il n'est plus mon vieux père mais l'enfant qu'il n'a jamais pu être. Ce gamin qui a tant souffert, personne n'a jamais vraiment su s'il était vivant ou mort.

Il tend une main depuis l'obscurité où il s'est caché toute sa vie. Je vois cette main s'approcher lentement, puis elle se retire.

— Pardonne-moi. Il faut que tu me pardonnes. *Je nun aggiu ancora capito pecchè sto 'ncoppa a' terra.* Quand j'étais petit, personne ne m'a jamais dit que la vie devait avoir un sens. Pardonne-moi. Toi, t'es différente. *Si' sempre stata n'ata cosa.* Oui, tu l'as toujours été. *Si' stata brava*, tu m'as retrouvé. Je vois bien que t'as tout compris. *So' cuntento*… je suis content de voir que t'es devenue si différente de nous autres.

Les parois jaunes de la grotte produisent une belle lumière. J'ai l'impression d'être dans une toile de l'Annonciation. L'archange Gabriel apporte la nouvelle à Marie : elle deviendra mère du fils de Dieu, elle qu'on décrit pourtant comme une jeune femme innocente. Quant à moi, je suis venue dire à mon père que je me souviens de tout. Il s'est effondré quand la terre a tremblé. Nous nous sommes tous effondrés durant les années qui ont suivi.

— *So' caduto malato.*

— Malade ? Depuis quand ?

— Depuis le séisme.

— Quel genre de maladie ?

— *M'è venuto na' malincunia…*

— Papa, peut-être que tu as juste vieilli.

Il lisse sa barbe sur son menton, les yeux baissés, puis il me regarde.

— *T'aggiu fatta venì pe' te dicere 'na cosa…* Une chose vraiment importante.

Je me lève de la caisse en bois et je ramasse une chaise boiteuse qui traîne non loin de là.

— Fais gaffe, elle est toute déglinguée.

Je pose la chaise et je m'appuie sur le siège pour voir si elle tient le coup. Je m'assieds doucement, comme si je risquais de chuter du haut d'un pont. Le récit de mon père devient un fleuve.

Quand mon père était petit, toute la famille vivait dans un appartement de deux pauvres pièces. La mère, le père, les sept enfants et les grands-parents paternels. L'une au rez-de-chaussée et l'autre au premier. Les grands-parents vivaient à l'étage. À Noël, on mangeait des *roccocò*, des biscuits trop secs pour des dents pourries et rares. Les plus vieux suçotaient les biscuits et laissaient l'amande pour les petits. Mon père imite le bruit de succion sur son palais et la façon dont ses grands-parents gardaient longtemps les biscuits dans leur bouche, pendant qu'il attendait patiemment à côté de leur lit, comme un chien qui regarde son maître manger.

Je contemple ce vieil homme qui me raconte son histoire, et soudain ce n'est plus mon père mais un pauvre type qui m'a eu comme fille et confidente par hasard. Je retiens mon souffle un instant. Je rassemble mon courage avant d'oser le grand saut.

— Papa, qu'est-ce que tu sais de l'histoire de Salvatore ?

— *Nun l'aggiu fatto niente, t'o giuro.*
— Si tu n'as rien fait, alors pourquoi est-ce que tu fuis ?
— *Anna, aggiu visto 'na cosa.*
— Qu'as-tu vu ?
— Giovanni.
— Giovanni ?
— Oui.
— Et alors ? Allez, papa, maintenant que je suis là, il faut tout me dire.

Je m'adresse à lui avec la tendresse d'une mère pour son enfant.

— Un soir, dans notre rue, j'ai vu Giovanni emmener Salvatore dans l'arrière-boutique. Il a sifflé et le gamin s'est approché. Giovanni l'a tiré par le bras jusque dans la cour, en pensant que personne verrait. Le pauvre petit rentrait juste chez lui avec son ballon sous le bras. Moi, je descendais de chez ma tante Titina. Elle vivait aussi dans l'immeuble, *t'arricuorde?* Quand je les ai vus disparaître derrière la boutique, j'ai décidé de les suivre. Là-bas derrière, il y avait une porte… mais tu le sais ça, pas vrai ?

Je baisse les yeux. Il continue.

— Un trou permettait de voir à travers. Alors j'ai vu Giovanni jeter Salvatore à terre et le traiter de salaud pour avoir trahi sa sœur : « *Si nu fetente, aje tradito a sòreta.* Comment t'as fait pour nous voir, hein ? Dis-le ! C'est ta petite camarade qui t'a aidé, c'est ça ? »… Sa petite camarade, c'était toi. Tout le monde savait qu'Ada et toi vous passiez tous vos après-midis ensemble. Giovanni gueulait comme un fou, il a poussé le pauvre petit trop fort et sa tête a heurté le comptoir en marbre où se trouvait la balance pour peser les fruits. Giovanni a couru pour lui venir en aide, mais le petit bougeait déjà plus. Moi, j'ai eu peur et en me retournant, je me suis pris les pieds dans un seau en fer avec la serpillière. Un bruit de tous les diables. Giovanni a dû l'entendre et me voir filer.

– Pourquoi tu n'as rien fait ? Pourquoi tu n'as rien dit ?

– Et toi ?

– Quoi, moi ?

– Et toi pourquoi t'as rien dit pendant toutes ces années ?

– Qu'aurais-je bien pu dire, papa ?

– *'A verità.*

– Quelle vérité ?

– La vérité, c'est que t'as tout raconté au petit. Tu savais tout. Tu savais tout et t'as quand même raconté à ce pauvre petit les horreurs que sa sœur faisait avec le type qui vendait les fruits.

Il attrape mon poignet droit qui est tout proche de lui sur la table. Je tente de me dégager de son emprise, mais il ne me lâche pas. Dans son geste, il renverse le pot de peinture qui a servi à peindre les vêtements des bergers. La peinture rouge s'étale sur son pantalon et sur le sol. Ma sandale est tachée. J'essaie de me dégager à nouveau.

– Tu savais tout, mais tu n'as rien dit. Tu as toujours été un lâche. Maman avait raison.

– Et toi, t'as pris le petit et t'as été lui raconter des choses qu'étaient pas de son âge. *Sì 'na fetente, 'na schifosa.*

– Maman avait raison, tu ne penses à rien d'autre qu'à toi-même et à tes sales petits bergers. Tu n'as jamais pensé à nous. Tu ne nous as jamais protégés.

— *Sì 'na zoccola comme 'a màmmeta.* Voilà, ce que t'es. Comme ta salope de mère.

— Tu ne sais rien de moi.

— *E c'avessa sapé?* Petite, t'étais déjà une sale traînée qui faisait des saletés, tu te laissais faire, tu jouais à touche-pipi avec les gamins du quartier. Tu crois qu'on savait pas ?

— Papa, j'avais dix ans à l'époque ! Dix ans ! Je n'étais qu'une gamine !

Je le pousse et me libère d'un seul coup de son emprise. Il tombe, et avec lui la lampe et le petit banc de bergers. Je vois les figurines éparpillées sur le sol recouvert de cette peinture rouge qui s'insinue dans les pores du tuf. La tache ne partira pas, elle restera imprimée sur la pierre.

Il est étendu sur le flanc dans la flaque de peinture fraîche. Il me regarde. Ses lunettes aussi sont tombées. Nos ombres se découpent sur la paroi de la grotte.

— Et moi qui croyais que t'avais changé, que t'étais différente de nous autres. Tu me dégoûtes.

Et il crache sur ma sandale déjà tachée. J'attrape la bouteille de verre que j'aperçois derrière moi. Je lève le bras. Mon ombre se projette en grand sur la paroi.

— J'aurais mieux fait de ne jamais te retrouver.

Je me penche vers lui et le fixe droit dans les yeux.

— Qu'est-ce que tu vas faire ? Rester ici pour le restant de tes jours ? Fais-le, si ça te chante. De toute façon, tu es déjà parmi les morts. D'ailleurs, je suis sûre que tu n'as même pas le courage de mourir. Demain, je m'en vais. Maintenant que je t'ai retrouvé et que j'ai rempli mon devoir, laissez-moi partir. Et vous, faites ce que bon vous semble. Entretuez-vous, mettez le feu à la maison, laissez-vous enterrer vivants s'il le faut. Moi, je ne vous dois plus rien. Mais vous, vous m'en devez une belle et à mon pauvre frère aussi.

– *Che ci azzecca Attilio mò?*

– Tu verras ça avec lui.

– *Addò vaje?*

Il veut savoir où je vais. Je ne réponds pas.

Je piétine les petits bergers éparpillés sur le sol. Je les écrase en pressant fort avec le talon de ma chaussure. Je les pulvérise.

Je ramasse une poignée de ce qui reste des figurines et je les lui jette au visage, sans colère, sans élan, sans empressement. Il est si facile de détruire les choses simples. Il est si facile d'oublier, de cacher, de mentir. Nous l'avons fait toute notre vie, sans remords, jusqu'au moment de régler nos comptes.

L'histoire avait dû se passer ainsi.

Giovanni ruminait sa vengeance. Quand le quartier avait su pour Ada et lui, sa femme l'avait quitté et lui avait tout pris, même son échoppe. Puis elle s'était remariée et il avait fini à la rue. Pendant un certain temps, il avait logé chez un cousin à Frattamaggiore et il avait travaillé sur un lopin de terre comme journalier. Quelque chose couvait depuis longtemps, on le voyait bien, et ce quelque chose avait un goût de haine et de vengeance. Il avait creusé sa rage pendant des années à coups de pioche, il l'avait noyée jusqu'à ce qu'elle déborde. S'il avait choisi mon père, c'était pour me punir moi. Tout était remonté à la surface par ma faute. Comment lui donner tort ? La crainte d'être découvert pour le meurtre de l'enfant avait achevé de lui faire perdre la raison.

Giovanni et mon père étaient allés jusqu'aux menaces. L'un de confesser qu'il savait tout de la mort de Salvatore, l'autre de révéler mon rôle dans cette histoire. La rumeur qui avait poussé Ada au suicide s'était propagée à cause de moi. En simplifiant de manière ridicule, ils avaient mis sur le même plan le meurtre d'un enfant par la main d'un adulte et les actes d'une petite fille de dix ans qui trahissait les petits secrets de sa meilleure amie dans le seul but de la récupérer et de se venger de son abandon.

Mais eux, que cherchaient-ils en retour ?

Giovanni avait mis le petit Salvatore dans le coffre de sa voiture, une vieille Civic grise. Il l'avait emmené sur la colline de Posillipo, dans l'une des grottes de la Gaiola. De là, en longeant une galerie, il s'était retrouvé face au spectacle de la baie, trente mètres au-dessus de la plage de Trentaremi. Il avait regardé le gamin une dernière fois et l'avait jeté en bas. Le petit corps s'était écrasé sur le sable dur et la roche. Salvatore aussi avait sauté dans le vide, vaine tentative de s'envoler vers un ailleurs, comme sa pauvre sœur. Un pêcheur avait trouvé la dépouille. Quand il avait découvert à l'aube un corps allongé sur cette plage qui n'était atteignable que par la mer, le pêcheur avait tout de suite compris.

La nouvelle s'était vite propagée. Un sale type errait sans doute dans le quartier pour enlever des enfants. Ça ne pouvait être qu'un étranger, un homme qui n'avait pas le visage d'un père ou d'un proche de la famille. Il devait venir de loin, c'était certain. Personne ne croyait aux conclusions de l'autopsie de Salvatore qui révélaient pourtant que le corps de l'enfant ne présentait aucun signe d'abus sexuel. Pour eux, il était plus facile de croire qu'il y en ait eu.

Tout était clair désormais. Pendant des années, j'avais justifié le silence de mon père, en préférant voir l'enfant qu'il avait été plutôt que l'homme qu'il aurait dû être. J'avais justifié chacun de ses manquements, en les nommant tout à tour peur, tristesse ou faiblesse.

Quand devient-on adulte ? Réellement, je veux dire.

Vers la sortie de la grotte, je me fige et décide de faire demitour. Mon père est encore là, recroquevillé sur le sol, muet, presque une ombre. Je l'aide à se rasseoir. Je ramasse les bergers indemnes. Il me regarde sans rien dire. Je pose une main sur son épaule. Je m'approche pour lui parler bien en face, avec douceur :

— Papa, tu m'entends ?

Je remets ses lunettes sur son nez.

— C'est l'heure de rentrer à la maison. Allez, il faut rentrer maintenant.

Je me dirige vers la sortie.

Désormais, je ne le vois plus, il s'est fondu dans le noir.

Moi la première, dans les ruines de mes souvenirs confus, je l'avais oublié.

Je n'étais qu'une enfant.

— Où est-ce que je vous emmène ?

— Au cimetière de Poggioreale.

Le taxi s'arrête. L'endroit est immense, je n'ai pas le moindre espoir de trouver ce que je cherche. Je demande de l'aide au gardien qui me répond avec lassitude et paresse, comme s'il se trouvait là par hasard et que je l'importunais. Assis derrière un pupitre, vestige d'une école désaffectée, il respire et parle dans le souffle d'un ventilateur réglé au maximum.

Il m'explique comment me rendre sur les lieux.

Je déambule entre les tombes et les mausolées, parmi les noms de famille.

La beauté de ce cimetière, je n'y avais jamais pensé. Ni même à sa taille immense, au nombre de gens qui ont foulé cette terre avant de sortir de scène plus tôt que prévu. Les autres sont encore là, alors le spectacle continue. Nous sommes encore là.

J'arpente de véritables rues entre des parois d'au moins quatre mètres de haut remplies de niches funéraires. La chaussée est irrégulière, pleine de fissures par endroits. Le cimetière est désert. On n'honore pas ses morts en temps de canicule.

Dans la partie plus récente, de plus petites niches contiennent des cendres. L'espace est limité et la mort ne fait pas de cas.

Je ne me suis rendue qu'une seule fois dans un crématoire. J'accompagnais une amie pour incinérer son père. On nous avait conduites dans une petite salle munie d'un écran. De là, nous avions regardé le cercueil traverser le tunnel de flammes. J'étais à deux doigts de m'évanouir, mais elle, elle avait ri à travers ses larmes. On lui avait rendu son père dans un bocal encore chaud.

J'ai peur de m'être perdue. Je me parle à moi-même, tout doucement. Pour me tenir compagnie dans la chaleur et le silence, je récite un vieux conte napolitain :

« Il était une fois un père devenu veuf. Il avait deux enfants, l'un s'appelait Ninnillo et l'autre Nennella. Comme sa nouvelle femme était très cruelle et qu'elle n'en voulait point, le père fut contraint de les abandonner au fond d'un bois. Le frère et la sœur restèrent cachés quelques temps. Un jour, un prince qui passait par-là avec ses chiens de chasse effraya les enfants. Ninnillo se réfugia au creux d'un arbre et Nennella courut sur une plage où des pirates l'enlevèrent. »

Je trébuche sur une racine. De grands arbres percent le sol. Pour ne pas tomber, je prends appui sur mon bras droit.

« Un jour, le navire des pirates sombra et un gros poisson avala Nennella. Dans son ventre, elle trouva de merveilleuses richesses et vécut comme une princesse. »

Sur la niche de marbre blanc strié de noir, un peu plus haut sur la droite, il y a des images des deux enfants. Une photographie un peu floue dans un cadre en argent ovale. Je reconnais la mine joyeuse d'Ada. Elle sourit face à la mort avec ses dents blanches bien alignées, ses fossettes qui creusent ses joues, ses longs cheveux châtains, brillants, qui ondulent sur ses épaules. Ses yeux ont une couleur entre vert et noisette. Moi, j'y lisais des rêves et des désirs, les autres n'y voyaient que de la volupté. Juste en dessous, une photographie du petit Salvatore. Boudeur, une ride entre les sourcils, signe des préoccupations qui le tourmentaient déjà. Assis sur un tricycle rouge, il porte des sandales bleues et des chaussettes blanches, une salopette d'un tissu foncé. Je me trouve devant la tombe sur laquelle sont gravés leurs noms. En dessous, je lis : *Pour soi et pour les siens.* La niche accueillera tous les morts de la famille. De chaque côté, deux petits vases en métal dont les fleurs ont séché. Qui sait à quand remonte leur dernière visite. Après la découverte du corps de Salvatore, la Signora Carmela et son mari ont quitté Naples pour s'établir en province. La maison est restée vide longtemps, la rumeur disait qu'elle était hantée par les esprits des deux enfants.

Je ferme un instant les yeux. Les voix de l'immeuble me reviennent, l'odeur du linge étendu sur les fils, les pleurs des gamins dans la ruelle voisine, la musique d'Ada qui résonnait dans l'escalier. Que nous est-il arrivé ? Que sommes-nous devenus ? Je trouve le courage de toucher du bout des doigts les images d'Ada et de Salvatore. Je voudrais revenir en arrière mais c'est impossible. Ada apparaît sur le palier du troisième étage, à contre-jour. Elle se retourne et me dit quelque chose. Je n'arrive pas à saisir ses paroles. Dans le tourbillon de sa jupe, j'aperçois Salvatore dont l'image s'efface en tournoyant comme une volute de fumée. Je baisse le menton en gardant mes mains sur les deux photographies.

Je pleure enfin.

Je pleure les enfants que nous avons été et que personne n'a su voir. Nos tourments engendrés par les secrets des adultes pervers et impuissants de notre entourage. Eux aussi m'apparaissent désormais comme des débris emportés par le courant, dérivant de leurs enfances violées et solitaires.

Autour de la tombe, je vois de petites feuilles sauvages qui trouvent la force de pousser entre les tombes. Je sors la cuillère que j'ai fourrée dans mon sac tout à l'heure. Je me baisse et commence à creuser une fente entre la terre et la pierre, en regardant si personne ne passe dans l'allée. Je prends le mouchoir avec son A brodé et ses petites dents, et je l'enfouis dans la terre sacrée. Je rebouche lentement le trou que je tasse avec les deux mains.

Ma voix s'élève aussi mince qu'un souffle :

— Un jour, Nennella aperçut son frère à travers la gorge du poisson. Elle l'appela. Mon frère, mon très cher frère, ma vie ne vaut plus rien sans toi ! En entendant sa voix, Ninnillo se rappela enfin qu'il avait une sœur. Alors, les deux enfants…

Quelque chose me frappe à la tête. Comme un caillou. Ce sont de grosses gouttes de pluie. Le ciel s'assombrit d'un coup. Une averse violente me prend au dépourvu. Un orage d'été qui baigne chaque chose de silence. Je reste là sous la pluie, sans savoir où trouver refuge. Le vent pousse des ondes de pluie contre la tombe et les photos des enfants. Le soleil lutte encore entre les nuages.

Après un moment, l'orage s'en va aussi vite qu'il est apparu. Il ne reste plus que nous, les morts et moi, dans ma robe de lin trempée. Peut-être se moquent-ils de moi ? Je croirais voir leurs âmes se tenir les côtes et rire à gorge déployée de cette pauvre vivante trempée de pluie, alors qu'eux sont protégés sous les marbres sépulcraux. Je les laisse faire.

Je passe mes mains sur mon visage pour essuyer mes yeux. Je souris aux photographies, au souvenir de tout ce que nous avons été et de tout ce que nous ne sommes plus. J'embrasse le bout de mes doigts et j'effleure une dernière fois les images de mes anciens amis.

Je me dirige lentement vers la sortie du cimetière. Le gravier crisse sous mes pas. Mes pieds mouillés glissent sur les semelles de mes sandales. Les morts me regardent passer dans leurs murailles. Allongés sous terre ou dans de petites urnes, ils murmurent leurs histoires à mon oreille.

Je m'attarde un instant devant une tombe profanée. Le nom n'est plus lisible, mais on distingue encore la photographie jaunie. Une femme au visage rond, aux cheveux relevés, vêtue d'une robe sombre à col roulé. Elle aussi a foulé cette terre et j'ignore qui elle est. Je pourrais imaginer sa vie, c'est tout ce qu'il me reste. Je pourrais être elle, maintenant ou dans vingt ans, enfermée dans l'ovale argenté d'un souvenir éternel.

J'entends une voix m'appeler au loin. Le gardien agite les bras.

— Ah ! vous voilà, je vous cherchais. On ferme.

— Vous voyez ? Je suis de retour.

— Vous êtes trempée. Comment allez-vous faire maintenant ?

— Je finirai par sécher, tôt ou tard.

— Vous les avez trouvés ?

— Oui, ils étaient là où vous aviez dit.

— Eh oui, une fois qu'on y entre, on n'en sort plus.

— C'est bien ça.

Nous nous regardons sans rien dire.

— Bon, au revoir.

— Bonne journée, et merci !

— Au fait, excusez-moi, mais je me demandais… Vous êtes d'où ?

— Je suis du coin. Pourquoi ?

— Ah non, rien. J'aurais parié que vous n'étiez pas d'ici.

Le portail du cimetière grince dans mon dos et se referme dans un bruit de ferraille.

Remerciements

Mes remerciements vont à Carlotta Bernardoni-Jaquinta pour le soin et le dévouement avec lesquels elle m'a accompagnée ; Gabriele Capelli pour notre rencontre ; Begoña Feijoó Fariña pour ses encouragements qui m'ont poussée à écrire avec une détermination sans pareille ; Massimo Maraviglia pour son amitié et son estime, pour ses suggestions fantastiques et sa révision du napolitain ; Fabiano et Nicoletta Alborghetti pour leur lecture attentive et l'élégance avec laquelle ils m'ont guidée ; Marzio et Andrea qui sont des phares dans le brouillard ; Mariaelena ma lectrice bienveillante.

Je remercie enfin, du fond du cœur, ma mère et mon père qui m'ont appris l'importance de la dignité.

De la même autrice

Tutto ciò che siamo stati, Gabriele Capelli Editore, 2022
Volontà, Gabriele Capelli Editore, 2024

De la même traductrice

Grains noirs, écrit par Alexandre Hmine, Éditions Zoé, 2022
Où naissent les mères, écrit par Virginia Helbling, Éditions des femmes-Antoinette Fouque, 2023
Tout ce que nous avons été, écrit par Olimpia De Girolamo, Éditions La Veilleuse, 2024

Collection « Nuit blanche »

La vie des choses, Marc Agron
La saveur du vent, Fabienne Bogádi
La double nuit du lac, Julien Burri
Qui n'est plus, Odile Cornuz
Tout ce que nous avons été, Olimpia De Girolamo
Tumiqa, Nicolas Di Meo
Timidité des cimes, Maxence Marchand
Comme de l'eau dans l'eau, Myriam Wahli

Pour en savoir plus
sur les Éditions La Veilleuse
(catalogue complet, auteur·trice·s, titres, vidéos, comité de lecture…),
vous pouvez consulter notre site Internet :

www.editionslaveilleuse.ch

Achevé d'imprimer en juin 2024 en Europe.
Cette impression bénéficie du label FSC pour une gestion forestière responsable.

Dépôt légal : juin 2024